自由是世俗的，
它不在空中，
不在别处，
它就在地上。

把生命浪费在美好的事物上

吴晓波 著

浙江大学出版社
ZHEJIANG UNIVERSITY PRESS

图书在版编目（CIP）数据

把生命浪费在美好的事物上 / 吴晓波著. — 杭州：
浙江大学出版社，2015.5（2020.4重印）

ISBN 978-7-308-14604-3

Ⅰ.①把… Ⅱ.①吴… Ⅲ.①散文集—中国—当代
Ⅳ.①I267

中国版本图书馆CIP数据核字(2015)第077950号

把生命浪费在美好的事物上

吴晓波　著

策　　划	杭州蓝狮子文化创意股份有限公司
责任编辑	黄兆宁
责任校对	杨利军
封面设计	叶怡涵
出版发行	浙江大学出版社
	（杭州天目山路148号　邮政编码：310007）
	（网址：http://www.zjupress.com）
排　　版	杭州林智广告有限公司
印　　刷	浙江印刷集团有限公司
开　　本	889mm×1194mm　1/32
印　　张	10.375
字　　数	257千
版 印 次	2015年5月第1版　2020年4月第15次印刷
书　　号	ISBN 978-7-308-14604-3
定　　价	42.00元

目·录
CONTENTS

序　封存青春，永不归去

序
封存青春，永不归去

E.B.怀特和约瑟夫·布罗茨基是我特别喜爱的两位美国随笔作家。

前者生活在富足而多彩的20世纪六七十年代，常年为《纽约客》撰稿，几乎创造了风靡一时的"怀特体"；后者生于铁幕下的列宁格勒（今圣彼得堡），曾被当作"社会寄生虫"流放西伯利亚，后来遭驱逐而在美国大学安度晚年。怀特和布罗茨基分别说过一段让倾慕他们的写作者非常沮丧的话。

在自己的随笔集《从街角数起的第二棵树》里，怀特哀叹说："我想对写作者而言，从来没有哪个时代比当今的更为残酷——他们所写的几乎还没离开打字机，时代就让其变得过时。"

而布罗茨基则是在著名的《小于一》中写道："我对我的生活的记忆，少之又少，能记得的，又都微不足道。那些我现在回忆起来使我感兴趣的思想，其重要性大多数应归功于产生它们的时刻。如果不是这样，则它们无疑都已被别人更好地表达过了。"

这两位天才级的文体作家，其实道出了所有写作者内心的两个必有的恐惧：散漫的文字比时代速朽得更快，而作家的经历及思想很可能在不自觉地拾人牙慧。

这也是我这么多年来一直拒绝出版散文集的原因。作为一位财经作家，我的文字的速朽度应该远远地大于优雅的怀特和饱受厄运的布罗茨基。我写专栏的历史始于遥远的1994年，篇什数目应超五百，但我并不觉得这些散布于各家报纸杂志的专栏文章，值得用书籍的形式留存下来。它们是那么的琐碎，那么的应景，那么的犹豫，就好比一位职业棋手平日打谱的棋局，真真不足为外人观。而今天，当这本书最终呈现出来的时候，只能表明我已经承认衰老，我开始顾镜自怜，开始回望来路，开始用过来人的口吻试图对青年人说一些注定会被漠视的鬼话。

所以，这一本集子的出版，对我而言是一件特别私人的事情。

在选编本书的那几个春夜，我好像一位旧地重游的旅人，小心翼翼地回到那些熟悉的街巷，尽量压低帽檐，避免遇到熟人，蹑手蹑脚，随时准备逃离。本书中的若干篇章，最旧的创作于15年前，那时的我，在文字江湖里籍籍无名，因而可以信口雌黄，横行霸道。渐至今日，我的某些文字已如躯干上的肌肉，服帖、松软而暗生褶皱。

当我把这些漂浮在岁月之河的文字打捞上来的时候，更像是在进行一次告别的仪式：我将封存青春，永不归去。

我们这一代，多少属于天生地养的一代。我们从贫瘠的物质和精神年代走出，在骨骼和思想长成的那些日子里，父辈奔波于生计，国家则忙于经济的复苏和意识形态的角斗，他们都顾不上好好看管我们。我们在学校里胡乱地读书，吃进无数的垃圾，却又在思想的荒原上肆意地寻觅疯长的野草。步入社会之后，既有的秩序濒于崩溃，"效率"替代所有的法则至高无上，而我们所储备的知识根本不足以应对很多突发的事件，甚至在更多的时候，我们所匆忙建立起来的价值观在量化、冷酷的现实面前完全不堪一击。

在这一本集子中，你可以非常清晰地读出我所描述的景象，很多篇章中表现出来的自责与词不达意，是被击溃前的哀鸣，而另外一些篇章里的激越和温情，则是逃进书斋后的喘息与抵抗。

从2014年5月开始，我开设"吴晓波频道"，恢复了每周两篇专栏的写作节奏，这使得在过去的一段时间，我的一些文章在社交朋友圈里流传得很广，本书中有将近一半左右的内容写于过去的这一年间。这一次的结集，继往于青葱，止步于当下，也算是一次长途旅程的即景记录。

如果说这些文字还值得阅读，仅仅在于布罗茨基所提供过的那个理由——"其重要性大多数应归功于产生它们的时刻"。毕竟，这是一个我们参与创造的时代，它一点也不完美，甚而不值得留恋，但是，它真的到来过，而且轰隆隆地裹挟一切，不容任何一个年轻人脱身旁观。

"我们都是精神上的移民。"这是我的职业偶像沃尔

把生命
浪费在
美好的事物上

特·李普曼讲过的一句话。也许这是每一个国家的观察者所难以逃避的宿命。他一生为美国人瞭望世事，铁口判断，但在内心，却始终难以挥散自少年求学时就已生出的疏隔感。

  是为序。

吴晓波
2015年5月4日于上海浦东国际机场

上篇

CHAPTER

自由与理想

在我们这个国家，最昂贵的物品是自由与理想。它们都是具体的，都是不可以被出卖的，而自由与理想，也不可以被互相出卖。

我进大学听的第一次大型讲座，是在复旦4号楼的阶梯教室，因为到得迟了，教室里满满当当都是人，我只能挂在铁架窗台上，把脖子拼命往里伸。那时是20世纪80年代中期，存在主义刚刚如同幽灵般地袭入激变中的中国。

一位哲学系的青年讲师站在台上，他大声说，上帝死了。

如今想来，我成为一个具有独立意识的人，大抵是在那个复旦秋夜。我不再隶属于任何意识形态、任何组织或机构，我是一个属于自己的读书人。

"无事袖手谈性情，有难一死报君王。"这句诗也是在大学图书馆里读到的，不记得是哪本书了，但是过目即不忘，耿耿于怀。当时就想，中国书生的千年局促与荒诞就在这14个字里了，

把生命
浪费在
美好的事物上

我们这一辈应该学习做一个"没有君王的书生"。

在大学这样的"真空状态"下，当一个思想自由的读书人似乎是容易的，你对社会无所求，社会于你亦无所扰。可是出了校门，后来的20多年，却是一天接一天的不容易。

大学毕业是在1990年。国家好像一夜之间被推进了商品化的潮流中，大概是在1992年前后，一位熄灯之后阔谈康德和北岛的上铺同学，突然给我打电话，说他在新疆能弄到上好的葡萄干，如果能在南方找到销路，可以发一笔上万元的大财。又过了几周，一位厦门的同学来信，说杭州海鲜市场的基围虾都是从厦门空运的，问我能不能联系一个下家。去电视机厂采访，厂长从上衣口袋里掏出一张盖了圆章的条子，说凭这个买彩电可以便宜300元——相当于我两个月的工资。

还有一次，陪一位饮料公司老板见市里的副市长。副市长一表人才，气傲势盛。两方坐定，老板突然从包里摸出一部半块砖头大小的摩托罗拉移动手机，小心翼翼地竖在茶几前。副市长第一次亲眼看见此物——在当年它的价格相当于高级公务员10年的工资，我分明感觉到他的气势硬生生地被压下了半头。

那个年轻的我，握着一管钢笔的书生，夹在政商之间，猛然又想起性情与君王。

到了年底，单位把大家召集起来，谈第二年的工作目标。轮到我发言，我说，明年的目标是挣到5000元稿费，做"半个万元户"。四座的叔婶辈们齐齐把无比诧异的目光射向坐在墙角的我。

后来的几年里，疯狂地写稿子，为单位写，为单位外的报纸、电台写，为企业写新闻通稿、汇报材料、讲话稿甚至情况说明，为广告公司写报纸文案、电视广告脚本，再然后，写专栏、写书，一本接一本地写书。

那些年，我开始信奉这样一句格言——"作为知识分子，你必须有一份不以此为生的职业。"罗斯福的这句话里有一种决然的挣脱，它告诫我，读书人应摆脱对任何外部组织的人身和物质依附，同时，其职业选择应该来自兴趣和责任，而与生存无关。这是一种来自西方的价值观，最远可追溯到亚里士多德，他将具有道德行为能力的人局限于"有产男性公民"，即"无恒产则不自由，不自由则无道德"。在一个一切均可以用财富量化评估的商业社会里，思想自由不再是一个哲学名词，而是一种昂贵的生存姿态，它应基于财富的自由。

20世纪90年代末，房地产业悄然趋暖，在财经世界浸淫多年的我，对照欧美和亚洲列国的经验，意识到这将是一个长期行情，而我一生中也许只能经历一次。于是，我将几乎所有的稿费积蓄都投掷于购房。这是一个特别单纯的行动，无须寻租、无须出卖。你只要有勇气并懂一些货币杠杆的知识，购入即持有，持有即出租，一有机会便抵押套现，再复循环，财富便如溪入壑，水涨船高。

2003年，我决定离开服务了13年的单位。那时是中国财经媒体的黄金时代，我设想创办国内第一份商业周刊。在此前的2001年，我已经写出《大败局》，在商界有了一些信誉，有人愿意掏钱投资，有4A公司愿意入股并包销所有广告。我把这些资源打包成一份创业计划书，与至少3家省级报业集团洽谈刊号，不出预料的是，他们都表示了极大的兴趣，但无一例外的是，他们都以国家政策为由，提出控股的要求，有一家集团表示可以让民间持有49%的股份，"剩下的1%实在不能让出来"。

但在我看来，那剩下的1%就是自由的疆界。

最后，我放弃了商业周刊的计划。因为，书生不能有"君王"，即便为了理想，也不行。

不能办杂志，不能办电视台，不能办报纸，但我除了办媒体又不会干别的，于是，最后只剩下一条出路：办出版。

出版的书号也是牌照资源，但它有一个"半公开"的交易市场。

有交易，就有自由，而只有自由前提下的理想才值得去实现。

于是，有了"蓝狮子"。从第一天起，它的股东就全数为私人。

十余年来，我一直被蓝狮子折磨。就商业的意义上，出版是一个毛利率超低、账期极长、退货率让人难以忍受的"烂行业"，在当今的三百六十行，只有它还在"先铺货，后收款"。在很长一段时间里，蓝狮子名声在外，但规模和效益却不尽如人意。不过，我却从来没有后悔和沮丧过，因为它是我的理想，而且是一个可以被掌控的理想，更要紧的是，与我的众多才华横溢的朋友们相比，我没为了理想，出卖我的"资本自由"。

浮生如梦，这一路走来三步一叹，别别扭扭。

在我们这个国家，最昂贵的物品是自由与理想。它们都是具体的，都是不可以被出卖的，而自由与理想，也不可以被互相出卖。

自由是世俗的，它不在空中，不在别处，它就在地上。作为一个读书人，你能否自由地支配时间，你能否自由地选择和放弃职业，你能否自由地在四月去京都看樱花，你能否自由地与富可敌国的人平等对视，你能否自由地抵制任何利益集团的诱惑，这一切并不仅仅是心态或勇敢的问题，而是一种现实能力。

与自由相比，理想则是一个人的自我期许和自我价值呈现的方式。千百年来，无数中国读书人为了理想以身相许，他们把自由出卖给帝王、党派或豪门，试图以此换取自我价值的实现。在我看来，这是不值得的。理想是一个"人生的泡沫"，可大可小，可逐步实现，也可以不实现，但是，自由不可须臾缺失。加缪在《西西弗神话》中论及"人的荒诞性"，曾说，"一个人始终是自己真理的猎物，这些真理一旦被确认，他就难以摆脱"。

那么，一个人能否拥有与之制衡的能力？

加缪提供了三个结果：我的反抗、我的自由和我的激情。

孙午飞 摄

我却从来没有后悔和沮丧过，因为它是我的理想，而且是一个可以被掌控的理想。

把生命浪费在美好的事物上

在这个世界上，不是每个国家、每个时代、每个家庭的年轻人都有权利去追求自己所喜欢的未来。所以，如果你侥幸可以，请千万不要错过。

每个父亲，在女儿18岁的时候，都有为她写一本书的冲动。现在，轮到我做这件事了。

你应该还记得，从很小的时候，我就开始问你一个问题：你长大后喜欢干什么？

第一次问，是在去日本游玩的歌诗达邮轮上，你上小学一年级。你的回答是：游戏机房的收银员。那些天，你在邮轮的游戏机房里玩疯了，隔三岔五，就跑来向我要零钱，然后奔去收银小姐那里换游戏币。在你看来，如果自己当上了收银员，那该有多爽呀。

后来，我一次又一次地问这个问题：你长大后喜欢干什么？

你一次又一次地更换自己的"理想"。有一次是海豚训练师，是看了戴军的节目，觉得那一定特别酷。还有一次是宠物医生，大概是送圈圈去宠物店洗澡后萌生出来的。我记得的还有文化创意、词曲作家、花艺师、家庭主妇……

16岁的秋天，你初中毕业后就去了温哥华读书，因为我和你妈的签证出了点状况，你一个人拖着两个大箱子就奔去了机场。你妈妈在你身后泪流满面。我对她说，这个孩子从此独立，她将有权利选择自己喜欢的大学、工作和城市，当然，还有喜欢的男朋友。

在温哥华，你过得还不错，会照顾自己，有了闺蜜圈，第一次独自旅行，还亲手给你妈做了件带帽子的运动衫，你的成绩也不错，期末得了全年级数学一等奖。我们全家一直在讨论你以后读哪所大学，UBC（University of British Columbia，不列颠哥伦比亚大学）、多伦多大学还是QUEEN（Queen's University，女王大学）。

又过了一年，我带你去台北旅行，在台湾大学的校园里，夕阳西下中漫步长长的椰林大道，我又问你：你以后喜欢干什么？

你突然说，我想当歌手。

这回你貌似是认真的，好像一直、一直在等我问你这个问了好多年的问题。

然后，你滔滔不绝地谈起自己对流行音乐的看法，谈了对中国当前造星模式的不满，谈了日韩公司的一些创新，谈了你自认为的歌手定位和市场空间。你还掏出手机给我看MV，我第一次知道Bigbang，知道权志龙。我看了他们的MV，觉得与我当年喜欢过的Beyond和黄家驹那么的神似，一样的亚洲元素，一样的都市背街，一样的蓝色反叛，一样的如烟花般的理想主义。

在你的眼睛里，我看见了光。

作为一个常年与数据打交道、靠理性分析吃饭的父亲，我提醒你说，如果按现在的成绩，你两年后考进排名全球前一百位的大学，大概有超过七成的把握，但是，流行歌手是一个与天赋和运气关系太大的不确定行业，你日后成为一名二流歌手的概率大概也只有10%，你得想清楚了。

你的目光好像没有游离，你说，我不想成名，我就是喜欢。

我转身对一直在旁边默默无语的你妈妈说，这次是真的。

其实，我打心眼里认同你的回答。

在我小时候，没有人问过我这个问题。从一年级开始，老师布置写作文"我的理想"，保卫祖国的解放军战士、像爱因斯坦那样的科学家，或者是遨游宇宙的宇航员。现在想来，这都是大人希望我们成为的那种人，其实大人自己也成不了。

这样的后果是很可怕的。记得有一年，我去四川大学讲课，一位女生站起来问我："吴老师，我应该如何选择职业？"她是一位物理系在读博士生。我问她："你为什么要读物理，而且还读到了博士？"她说："是我爸爸妈妈让我读的。""那么，你喜欢什么？"她说："我不知道。"

还有一次，在江苏江阴，我遇到一位30多岁的女商人，她赚了很多钱，却说自己很不快乐。我问她："那么，你自己喜欢什么呢？"她听到这个问题，突然怔住了，然后落下了眼泪。她说，我从来没有想过这个问题。从很小的时候，她就跟随亲戚做生意，从贩运、办厂到炒房产，什么赚钱干什么，但她一直没有想过，自己到底喜欢什么。

今日中国的90后们，是这个国家近百年来，第一批和平年代的中产阶级家庭子弟，你们第一次有权利、也有能力选择自己喜

把生命
浪费在
美好的事物上

欢的生活方式和工作——它们甚至可以只与兴趣和美好有关，而无关乎物质与报酬，更甚至，它们还与前途、成就、名利没有太大的干系，只要它是正当的，只要你喜欢。

喜欢，是一切付出的前提。只有真心地喜欢了，你才会去投入，才不会抱怨这些投入，无论是时间、精力还是感情。

在这个世界上，不是每个国家、每个时代、每个家庭的年轻人都有权利去追求自己所喜欢的未来。所以，如果你侥幸可以，请千万不要错过。

接下来的事情，在别人看来就特别的"乌龙"了。你退掉了早已订好的去温哥华的机票，在网上办理了退学手续。我为你在上海找到了一间日本人办的音乐学校，它只有11个学生，还是第一次招生。

过去的一年多里，你一直在那间学校学声乐、舞蹈、谱曲和乐器，据说挺辛苦的，一早上进琴房，下午才出得来，晚上回到宿舍身子就跟散了架一样，你终于知道把"爱好"转变成"职业"，其实并不是一件容易的事情。其实，我到现在还不知道你到底学得怎么样，是否有当明星的潜质，但是有一点是肯定的，你确乎是快乐的，你选了自己喜欢走的路。

"生命就应该浪费在美好的事物上。"

这是台湾黑松汽水的一句广告词，大概是12年前，我在一本广告杂志上偶尔读到。在遇见这句话之前，我一直被职业和工作所驱赶，我不知道生活的快乐半径到底有多大，什么是有意义的，什么则是无效的，我想，这种焦虑一定缠绕过所有试图追问生命价值的年轻人。是这句广告词突然间让我明白了什么，原来生命从头到尾都是一场浪费，你需要判断的仅仅在于，这次浪费是否是"美好"的。后来，我每做一件事情的时候，我都会问自己，你认为它是美好的吗？如果是，那就去做吧。从这里出发，我们去抵抗命运，享受生活。

现在，我把这句话送给18岁的女儿。

此刻是2014年12月12日。我在机场的贵宾室完成这篇文字，你和妈妈在旁边，一个在看朋友圈，一个在听音乐，不远处，工人们正在布置一棵两人高的圣诞树，他们把五颜六色的礼盒胡乱地挂上去。我们送你去北京，到新加坡音乐人许环良的工作室参加一个月的强训，来年的一月中旬，你将去香港，接受一家美国音乐学院的面试。

说实在的，我的18岁的女儿，我不知道你的未来会怎样，就好比圣诞树上的那只礼盒，里面到底是空的，还是真的装了一粒巧克力。

在这个世界上，不是每个国家、每个时代、每个家庭的年轻人都有权利去追求自己所喜欢的未来。所以，如果你侥幸可以，请千万不要错过。

吴晓波 提供

所有的青春都是在为中年作准备

"一个不成熟的男人是为了某种崇高的事业英勇地献身，一个成熟的男人是为了某种高尚的事业而卑贱地活着。"

——塞林格

立冬既过，窗外绿深红浅。顺手抓着一本陈从周的《说园》，录下一段文字：

"万顷之园难以紧凑，数亩之园难以宽绰。紧凑不觉其大，游无倦意，宽绰不觉局促，览之有物，故以静动观园，有缩地扩基之妙。而大胆落墨，小心收拾，更为要谛，使宽处可容走马，密处难以藏针。"

这段文字，抄下来就很舒服。西湖边有一郭庄，据说是陈从周的最后一个作品，也是他最喜欢的园林。琼瑶的《烟雨蒙蒙》取景此处。前些年，我常带人去那里喝茶。郭庄很小，却曲折从容，妙处无穷，深得"借"字真味。现在想来，真好比做一篇文章，傍着一个著名的西湖，却自营造出一份独属的景致。

好文章，好人生，亦当如是。

这些年写作企业史，常感人物故事纷涌而来，难以取舍，而时空一庞大，竟有驾驭不住的恐惧。读了从公的道理，很是受益。

上月，还独自一人去中国美院边潘天寿的故居游览，在他的立天大画前徘徊良久，看他谋篇行笔的大局和细处，当时已若有所悟，今日读《说园》，再次回味其中巧妙，如清茗入口，实在受用。

近年来，还突然喜欢看建筑师、设计师的文字，因为我觉得他们的实用感是我们这些做文章的人需要学习的，房子是建来让人住的，服装是裁剪出让人穿的，所以，合体舒服是第一要义。做文章是让人读的，也应该这样。山本耀司是我非常喜欢的日本服装设计师，他很喜欢从老照片中吸取灵感，他说自己有很多世纪初人像摄影的图书，喜欢那里面人与衣服之间的关系，人们穿的不是时尚，而是现实(reality)。或者换句话说，山本耀司希望他设计的服饰能够给穿它们的人这种感觉。我想，这是一种人们能够通过自己的穿着认识自己的感觉，当你照镜子的时候，你看到的是自己，而非衣服或时尚。

这样的体悟又岂仅与服装有关。大抵造园、作画、裁衣、行文、做企业、为人，天下一理，若胸中格局足够，无论大小都不足惧，关键是大处能容天地，小处能觅细针，须控制事物发展的节奏。所谓经验两字，经是经过的事，验是得到印证的事，都与实际有关。

这些道理，都是在中年以后才慢慢体悟出来的。

香港作家董桥说，中年是一杯下午茶。我读到这句话的时候不过30岁，正在忧伤地听侯德健的《三十以后才明白》，从来没有想过它离自己到底有多远。

几天前整理书橱，顺手拉过一本董桥的老书，一翻开就碰到这段眼熟的文字，竟突然有了白驹过隙的悚然。

林肯说，人到40岁，就该替自己的长相负责了。这样算来，我替自己负责的日子已经有些年份了……

还想到一个故事。

美国嚎叫派的诗人艾伦·金斯堡早年狂放不羁，是嬉皮士的精神领袖，过了四十后，居然喜欢西装革履。有人不解地问他，这位老兄说："我以前不知道西装是这么好看，这么舒服嘛！"

人过了四十，才突然开始享受寂寞。梁实秋说，"我们在现实的泥淖中打转，寂寞是供人喘息几口的新空气，喘几口之后，还得耐心地低头钻进泥淖里去。最高境界的寂寞，是随缘偶得，无须强求。只要有一刻的寂寞，我便要好好享受。"写出《麦田里的守望者》的塞林格，是我喜欢的一个作家，他曾经说："一个不成熟的男人是为了某种崇高的事业英勇地献身，一个成熟的男人是为了某种高尚的事业而卑贱地活着。"

所有的青春都是在为中年作准备，我今天讲这样的话，年轻的你未必会同意，但我经历过的事实正是，在这个中年的午后，你能够安心坐在有春光的草坪上喝一杯上好的龙井茶，你有足够的心境和学识读一本稍稍枯燥的书，有朋友愿意花他的生命陪你聊天唠嗑，你可以把时间浪费在看戏登山旅游等诸多无聊的美好事物上，这一切的一切都是有"成本"的，而它们的投资期无一不是在你的青春阶段。

——喝下午茶，对自己的长相负责，西装革履，卑微而平静地活着。

杭州 郭庄
孙午飞 摄

郭庄很小，却曲折从容，妙处无穷，深得「借」字真味。

我的偶像李普曼

任何一个行业中，必定会有这么一到两个让你想想就很兴奋的大师级人物，他们远远地走在前面，背影缥缈而伟岸，让懵懵懂懂的后来者不乏追随的勇气和梦想。

2004年6月，我去哈佛大学当了3个多月的访问学者，肯尼迪学院为我安排的住处就在查尔斯河边上。每当日落，我都会一个人去河畔的草地上散步。河水很清缓，岸边的乱石都没有经过修饰，河上的石桥一点也不起眼，300多年来，这里的风景应该都没有太大的变化。我每次走到那里，总会浮生出很多奇妙的感觉。我在想，这个河边，这些桥上，曾经走过34位诺贝尔奖得主、7个美国总统，他们注视这些风景的时候大概都不过30岁，那一刻，他们心里到底在憧憬些什么呢？

我还常常想起那个影响我走上职业记者道路的美国人。1908年，正在哈佛读二年级的沃尔特·李普曼就住在查尔斯河畔的某一座学生公寓里。一个春天的早晨，他忽然听到有人敲房门。他打开门，发现一位银须白发的老者正微笑地站在门外，老人自我介绍："我是哲学教授威廉·詹姆斯，我想我还是顺路来看看，告诉你我是多么欣赏你昨天写的那篇文章。"我是在18岁时的某个秋夜，在复旦大学的图书馆里读罗纳德·斯蒂尔那本厚厚的《李普曼传》时遇到这个细节的，那天夜晚，它像一颗梦想的种子不经意掉进了我尚未翻耕过的心土中。

在此后的很多年里，我一直沉浸在李普曼式的幻觉中：我幻想能够像李普曼那样知识渊博，所以我在大学图书馆里"住"了4年，我的读书方法是最傻的那种，就是按书柜排列一排一排地把书读下去；我幻想成为一名李普曼式的记者，在一个动荡转型的大时代，用自己的思考传递出最理性的声音，我进入了中国最大的通讯社，在6年时间里我几乎跑遍中国的所有省份；我幻想自己能像李普曼那样勤奋，他写了36年的专栏，一生写下4000篇文章，单是这两个数字就让人肃然起敬，我也在报纸上开出了自己的专栏，并逼着自己每年写作一本书；我还幻想能像李普曼那样名满天下，他读大学的时候就被同学戏称是"未来的美国总统"，26岁那年，正在创办《新共和》杂志的他碰到罗斯福总统，总统笑着说："我早就知道你了，你是全美30岁以下最著名的男士。"

你很难拒绝李普曼式的人生。任何一个行业中，必定会有这么一到两个让你想想就很兴奋的大师级人物，他们远远地走在前面，背影缥缈而伟岸，让懵懵懂懂的后来者不乏追随的勇气和梦想。

当然，我没有成为李普曼，而且看上去将终生不会。

我遇到了一个没有精神生活的物质时代。财富的暴发成为那么多人唯一的生存追逐，几乎没有人有兴趣聆听那些虚无空洞的公共议题，如果李普曼的《新共和》诞生在今日中国，销售量大概不会超过2000册，社会价值的物质性趋同让一些知识分子成为备受冷淡的一个族群。

这里没有李普曼的新闻传统和传播土壤，思想在一条预先设定好的坚壁的峡谷中尴尬穿行。

我没有办法摆脱自我的胆怯和生活的压迫。我躲在一个风景优美的江南城市里，早早地娶妻生子，我把职业当成谋生和富足的手段。我让自己成为一个"财经作家"，在看上去舆论风险并不太大的商业圈里挥霍自己的理想。李普曼写给大学同学、也是一位伟大记者约翰·里德——他写出过《改变世界的十天》——的一句话常常被我用来做自我安慰："我们都成了精神上的移民。"

这些年来，我偶尔回头翻看李普曼的文字就会坐立不安。这个天才横溢的家伙著述等身，但被翻译到中国的却只有一本薄薄的《公众舆论》，这是他32岁时的作品。在这本册子中，他论证了"公众舆论"的脆弱、摇摆和不可信任。他指出，现代社会的复杂和规模使得一般人难以对它有清楚的把握。现代人一般从事某种单一的工作，整天忙于生计，既没有时间也没有心思去深度关切他们的生活世界。他们很少真正涉入公众事务讨论。他们遇事往往凭印象、凭成见、凭常识来形成意见。正因如此，社会需要传媒和一些精英分子来梳理时政，来抵抗政治力量对公众盲视的利用。这些声音听起来由陌生而熟悉，渐渐地越来越刺耳，现在我把它抄录在这里，简直听得到思想厉鬼般的尖叫声。

尽管遥不可及，但这个人让我终生无法摆脱。我常常会很好奇地思考这个国家的走向与一代人的使命——这或许是李普曼留给我们这些人的最后一点"遗产"，我们总是不由自主地沉浸在大历史的苦思中而不能自拔——当物质的繁荣到达一定阶段，当贫富的落差足以让社会转入另外一种衍变形态的时候，我们是否已经储备了足够的人才和理论去应对一切的挑战？我们对思想的鄙视、对文化的漠然、对反省精神的抗拒，将在什么时候受到惩罚和报应？对于生活在这个时代的个人来讲，这都是一些没有办法回答的问题。

这些年来，我把自己的时间大半都投入中国企业史的梳理和写作中，我想在这个极其庞杂却并不辽阔的课题里寻找出一些答案。我想静下心来做一点事，为后来者的反思和清算预留一些略成体系的素材，我还企图证明，这个社会的很多密码和潜流可能会淹没在中国经济和公司成长的长河中。

我倒是做过一件与李普曼最接近的事情。

2005年，我创办蓝狮子财经出版中心，在一次版权交易中偶尔得悉，我当年在大学时读过的那本《李普曼传》（新华出版社1982年版），并没有得到作者罗纳德·斯蒂尔的授权，是一本"盗版书"。于是，我设法找到了翻译者，竟又得知斯蒂尔还活着，隐居在美国西部的一个小镇上。我通过e-mail联系上他，斯蒂尔对当年的"盗版"非常恼怒，得知我想再度得到授权，先是表示不信任，后又委派华人朋友到上海面谈确认。历经3年时间，到2008年11月，我终于购得中文版权，并出版了最新版的《李普曼传》。此事几经周折，结局却得偿心愿——我终于用自己的方式，对李普曼致敬。

在我的生命中，李普曼式的梦想早已烟消云散，留下的只有一些听上去很遥远，却让人在某些时刻会产生坚定心的声音。1959年9月22日，李普曼在他的70岁生日宴会上说——"我们以由表及里、由近及远的探求为己任，我们去推敲、去归纳、去想象和推测内部正在发生什么事情，它昨天意味着什么，明天又可能意味着什么。在这里，我们所做的只是每个主权公民应该做的事情，只不过是其他人没有时间和兴趣来做罢了。这就是我们的职业，一个不简单的职业。我们有权为之感到自豪，我们有权为之感到高兴，因为这是我们的工作。"

"因为这是我们的工作。"

20多年前，一个叫吴晓波的中国青年读到李普曼和他说过的这段文字。20多年来，时光让无数梦想破碎，让很多河流改道，让数不清的青春流离失所，却只有它还在星空下微弱地闪光。

孙午飞 摄

20多年来，时光让无数梦想破碎，让很多河流改道，让数不清的青春流离失所，却只有它还在星空下微弱地闪光。

书籍让我的居室和生活拥挤不堪

我们愿意接受所有的文明形态，这是一个转型年代的特征，我们在思想上左冲右突，其慌乱和惊心宛若物质生活中的所有景象。

我第一次有记忆的阅读经验应该是10岁那年。刚刚认得了上千个汉字的我，读的第一本"成年读物"是繁体字的《三国演义》，它是"文革"前的遗物，黄旧不堪，躺在一个大木箱子的杂物之中，好像已经等了我很多年。就是这本书让我终生喜欢大鼓齐鸣的刚烈文字，而对婉约温润的风格不以为然。

和许多人一样，在读大学前，我的整个阅读是非常枯燥的，以教科书为主。而我是1986年进的大学，那个时候正是中国出版很活跃的一段时期。诗歌是年轻人的最爱，我记得谢冕编过一套《朦胧诗选》，当时非常喜欢。那时候大学里最流行读的书就是存在主义，于是读了最多存在主义的作品，如尼采、萨特，我们这一代人受他们的影响太大了。周国平写的《尼采：在世纪的转

折点上》让我印象深刻，他后来会"转型"成一位心灵鸡汤型的
导师，让我非常吃惊。

我在上海读书，而女朋友在杭州，大学4年没有条件见面谈
恋爱，所以大部分时间都是在复旦大学的图书馆里度过的。我
是学新闻的，课程比其他系的同学都要轻松，所以就在图书馆读
书，一排一排地读，从一楼一直读到了阁楼，复旦图书馆的阁楼
是向研究生和博士生开放的，本科三年级的时候我就到阁楼上去
读书了。那时候的阅读是一种集体阅读，集中在哲学、历史和文
学方面。

我大学学的是新闻，专业的书我印象没有多少，但我看张
季鸾的所有作品，就是他当年办《大公报》时写的评论，印象很
深。因为从这些作品里你看到的是这个职业的气节，以及敏锐
性。新闻是很容易做得平庸的一种职业，特别是做得时间越长，
抱怨和不平衡就会越大，老是写字会感觉得不偿失，但一旦停止
写字也就失去了你的价值。做媒体的很容易陷入这样的情绪里。
但是我当了十多年记者，一直没有这样的感觉，就是因为在大学
里我读过这样的作品，我知道一个好记者应该怎样让自己留下
来。当年的许多政治人物都烟消云散了，但我们依然能记住这些
记者的名字与作品。这些作品帮助我们建立一种职业和人生的价
值观。

对我影响大的经济学读物有两本，我接触的第一本经济学著
作就是萨缪尔森的《经济学》，而我也是凭借这本书进入新华社
工作的。因为当时要考取新华分社，新华社招人一般都会从实习
生里选拔，而我没有在那里实习过，所以他们考我就是用萨缪尔
森的《经济学》，从此，我开始了13年的商业记者生涯。另外一

本是曼昆的《经济学原理》，曼昆的思想和他的创作技巧让我很着迷。在过去20年里，我读了很多财经类图书，如韦尔奇的管理书籍、《长尾理论》，等等，但是如果比较范围是30年，这些书对我的影响还不如一本《三国演义》大。

我后来成了一个专业从事企业案例和经济史写作的财经作家，在这个领域中，有两位顶级高手：美国的理查德·泰德罗和英国的尼尔·弗格森，他们都出生于20世纪60年代，年富力强。泰德罗的《影响历史的商业七巨头》，让我见识到当世欧美学者的财经写作高度。尼尔·弗格森的创作更勤勉，《文明》、《货币的崛起》、《巨人》以及五卷本的《罗斯柴尔德家族》都堪称精品，他在建构一个宏大题材时的自信、从容和充满了偏见的武断，在当代非虚构类作家中很是少见，他的写作非常迷人。

至于华人经济学家，我最喜欢的是张五常的作品。当初读到他的《卖桔者言》时，感觉以这样的手法来写一本经济学书实在很有趣，读他的《经济解释》更是震慑于他的智力。后来我写《激荡三十年》，便恳请张五常为我题写书名，他在西湖边的一个茶楼里，铺纸研墨，一口气连写了十多遍，那股认真劲令人难以忘怀。我向他请教做学问的办法，他说："问题有重要与不重要之分，做学问要找重要的入手，选上不重要的问题下功夫，很容易转眼间断送学术生涯。"这段话，值得抄在这里送给所有的年轻朋友们。

我现在每年买200本书，也就是每年在家里添一个双门书柜，书籍让我的居室和生活拥挤不堪。望着这些新旧不一的"朋友"，我终于发现，我们并没有生活在单调的年代，也许没有一个年代的人、也没有一个国家的人——尤其是欧美国家的人们——像我们这样的五谷杂粮、精粗不弃，为了求得寸及的进步，我们愿意接受所有的文明形态，这是一个转型年代的特征，我们在思想上左冲右突，其慌乱和惊心宛若物质生活中的所有景象。

中国的成长高度，并不以所谓的"全球第一高楼"为标志，而是以我们的思想为标准。我们的书单决定了我们的过去，同时也指向一个辽阔的未来。

吴晓波 提供

望着这些新旧不一的「朋友」，我终于发现，我们并没有生活在单调的年代。

读书与旅行还真的不是一回事

读书读到我这个年龄，有时候会生出"无书可读"的感叹，这不是矫情，而是因为每年的新书榜单等等已经与我的需求无关。

常有人把阅读与旅行并论，其实未必。

阿兰·德波顿在《旅行的艺术》中说："我们从旅行中获得的乐趣，或许更多地取决于我们旅行时的心境，而不是旅行目的地本身。"若此言当真，那么，阅读的乐趣至少有一半取决于一本书所承载的知识本身，因此，旅行可抬脚就走，去哪儿都是风景，而阅读则必须有所选择。

每次到大学做活动，几乎都会被问及一个问题："您能否为我们推荐一些书？"

到这个时候，从来不知道怎么回答，因为我不了解你的知识背景、深度和兴趣，即便是财经类图书，也无从推荐起。最好的办法是自己先一头撞进当当或亚马逊，通过口碑评论的路径找出几本读起来，读着读着就知道该如何选择了。

对于入了门的读书人来说，选书是一个经验活，如服装设计师看模特，瞥一眼便知三围、气质，一本书是否适合自己、是否有料有趣，速翻几页便一目了然。而书与人也有投缘之说，有些人的文字你死活读不进去，有些人的书你一读到就好像至尊宝遇见紫霞仙子那样："咦，千里万里，你真的在这里。"

读书读到我这个年龄，有时候会生出"无书可读"的感叹，这不是矫情，而是因为每年的新书榜单等等已经与我的需求无关，同时，受个人知识体系的局限，费力自觅新食的难度自然便增加了。

遇到这样的情况，各人的对付办法便见其性情。

比如，当年的钱钟书号称"横扫清华图书馆"，直到无书可读，据说他的书房里后来只留下当工具用的百科全书，别人赠书，统统论斤去卖了，他只需反刍本门学问，便满口锦绣。我最心仪的经济学家张五常到70岁后也叹息经济学"无书可读"，他的办法貌似就是不读本专业的书了，而对书法和摄影移情别恋。

我自然到不了钱、张二先生的境界，每年仍会抱回一摞一摞的书，而选择的办法大抵有三：

其一，蓝狮子读书会有一项服务，就是每月会从全国各出版社的新书中选出20本，门类从政经到美食林林杂杂，推荐给它的上万个客户。每次审定书单，就是我近水楼台先得月、给自己发福利的时候，常常会挑中几本来看看。

其二，从读到的书中抓出一条线索来，比如去年我细读了胡适的《中国哲学史大纲》，今年便把冯友兰的《中国哲学简史》找来读了一遍，顺便又撞见赵一凡的《西方文论讲稿》，好好补了一回西方哲学演变史，再接着发现德里达的思想很有趣，就又购进了《德里达传》，这样的经历好比在潘家园古玩市场里觅宝，随心所触，便是欢喜。

第三个办法就是设定一个研究的方向，一路死磕进去。近年来，我对知识分子及企业家在当代社会中的角色问题非常感兴趣，手头便渐渐搜罗了好些与此有关的书籍，在阅读中你会发现，这个问题具有很强的前沿性，特别是在中国这个转型社会，知识的供应和传播市场正发生很炫目的衍变。读着别人的书，想着自己的心思，手就开始发痒，保不定哪天我会写出一本《企业家与中国社会》。

关于阅读，我还很同意卡尔维诺的说法，即一个人必须建立自己的"经典书目"。

在他看来，"我们年轻时所读的东西，往往价值不大，这是因为我们没有耐心、精神不能集中、缺乏阅读技能，或因为我们缺乏人生经验。"所以，一个人的成年生活应有一段时间用于重新发现青少年时代读过的最重要作品，"当我们在成熟时期重读经典，我们就会重新发现那些现已构成我们内部机制的一部分恒定事物，尽管我们已回忆不起它们从哪里来"。

对于大多数的人而言，要实现卡尔维诺的这一认知进化，绝不是从一次阅读到另外一次阅读的过程，其中，必须加入日常生活的琐碎、磨难和喜悦。

作为一个当代读书人，要过一种纯粹的书斋生活，是绝无可能了，海涅在评价康德的一生时说："此人是没有生平可说的。他每日的生活，就是喝咖啡、写作、讲学、散步，一生雷打不动。"我没有看到过比这更震撼的生命评价，但是，这仅仅是康德式的人生，今天让我过这样的生活，还是直接把我跟房祖名关在一起算了。

"那么，下一次旅行，你会在旅行箱里压进哪些人的书？"最后回答一下这个问题。

加缪、桑塔格、约翰·伯格、三岛由纪夫、北岛或董桥……

他们的书有几个共同特点：文字美到极致，知识密度极大，都比较薄，适合消乏，利睡眠。

旅行可抬脚就走，去哪儿都是风景，而阅读则必须有所选择。

刘畅 摄

在别人的胡须里迷路

出发的目的已在半途中遗失了，剩下的激情便也成了迷路的飞矢。

年轻的时候，香港青年董桥在伦敦钻研马克思，他走遍伦敦古旧的街道，听惯伦敦人委婉的言谈，竟以为认识了当年在伦敦住了很久的马克思。然后，又过了很久很久，主编《明报月刊》的知识分子董桥才突然发现，原来自己认识的不是马克思其人，而是马克思的胡须。

"胡须很浓，人在胡须丛中，看到的一切自然不很清楚。"

董桥抱怨说："胡须误人，人已经不在胡须丛中了，眼力却不能复原，看人看事还是不很清楚。"

其实，不很清楚的，是一段自以为是、风华意气的青春。其实，哪怕待到一切都很清楚的时候，你自己的胡须便也已经很长了，你自己，在更年轻的人面前，便也是一堆"已经很不清楚"

的胡须了。

10年前，企图重写"中国思想史"的葛兆光出版了《七世纪前中国的知识、思想与信仰世界》。他发现，早期人类的知识孕育的标志，是人们对神秘世界的好奇探究，而文明的呱呱落地，则是从神秘力量的秩序化开始的。

"把这些神秘力量想象为众神的存在也是早期世界普遍的现象，可是，当人们把众神的系谱秩序化的时候，这不尽相同的秩序就呈现了不同地域、不同文化关于世界的不同思路。"

一个人的发育乃至整个人类的发育，在这一点上，是基本相同的。对世界的不同解释构成了不同的种族和类群，而定式化的世界观的形成被认为是成熟的标志。

"你从哪里来？你为什么来？你到哪里去？"这些每个人在幼年时期都会自然而然产生的疑问，渐渐变成了一些与日常生存毫无关系的、高深莫测的哲学命题。

时光对每一个人、每一个时代而言，都具有同样的意义。昨日的叛逆，会渐渐演化成今日的正统，继而又"供养"成明日的经典。所不同的是，点燃的光芒将渐渐地烧成灰烬，而人们则越来越少地追究光芒之被点燃的起源。因思想的深邃而闻名的R.G.科林伍德在《历史的观念》中这样写道："时间把世界放置在一头大象的背上，但它希望人们不再追问支撑大象的东西是什么。"他又说："我们可能走太远了，以至于忘记了当初之所以出发的目的。"

出发的目的已在半途中遗失了，剩下的激情便也成了迷路的飞矢。

桂冠诗人伍兹华兹在剑桥大学读书的时候，常常去圣约翰书院听那里的钟声，在博大精深的学海中，天真的诗人听到的却跟别人大不同："那钟声，一声是男的，一声是女的。"

另一位很有情趣的剑桥诗人约翰·伯格则有过一段更精妙的描述：书院大道旁的丁香花的香味和牛棚里牛身上的味道差不多，有一股祥和懒散的气息。

伍兹华兹和伯格，不知道算不算得上是百年剑桥的好学生，可重要的是，他们没有在别人的胡须里迷路。

法国 莎士比亚书店
贾茜 摄

昨日的叛逆，会渐渐演化成今日的正统，继而又「供养」成明日的经典。

我们为什么孤独？

雅典人苏格拉底说，唯有孤独的人，才强大；法国人卢梭说，恶人才孤独；德国人尼采说，孤独，你配吗？中国流行歌手张楚说，孤独的人是可耻的。

一

每每说到"孤独"这个词，总会想起很多年前在云南看到过的一个情景。

那是从昆明到畹町的路上，记不得是哪一段了，总归这一程要经过大理、思茅（现在的普洱）、楚雄等地区，沿途都是高山峻岭，大客车要开三天三夜。一个人坐在铁皮车上，无所事事，窗外的风景看多了，便也厌了。最有趣的，莫过于看天上的云，从这个角度看像一头白象，几个小时后，转到另一个山头，又看到这朵云，便像一尊菩萨了。偶尔会看到对面的山腰上有一户人家。木板的房子，屋后两三株火红的攀枝花树，屋前几分菜地稻田。更偶尔的，会在客车经过的某个弯道上，突然冒出来一个蜷坐着的少年，茫茫然的，支着个脖子，不知道在等待什么，此前此后，数十公里，竟无人烟。

他从哪里来？他要到哪里去？他在想些什么？他将要做些什么？

以后，往往在一些很突兀的时刻，我会不由自主地想起这个蜷坐着的少年。一丝没有由来的担忧，跟一个没有由来的人儿一样，如一道淡淡的阴影时隐时现地尾随在我的旅途和往后的日子中。

二

在30岁之前的某一段时间，我突然喜欢上了热闹的迪厅，越是热闹，越是喜欢。

站在那群染着一头黄发的20岁左右的年轻人中间，尽管也只比他们大了七八岁，我却感到青春的枝叶正从我的身上哗哗地落下。这一刻，我突然感到一种前所未有的孤独。这种小小的孤独，其实是很私人的，其实与别人无关，与生活无关，与哲学的孤独和历史的孤独都无关。它仅仅是一种偶尔会发作的病。

在变幻的灯光、迷离的人影中，在摇滚乐的惊涛骇浪中，人如一叶孤舟，摇摇晃晃地飘向一个离现实如此遥远的彼岸。你甚至不能给自己一秒钟的宁静，否则，你就会被现实拉回到你自己。正是在这样的一刻，我才刻骨地感受到，人为什么总是在音乐中显得那么脆弱和易感。

在这个现代的都市中，我们的孤独只因为我们往往互怀戒心，只因为对自己的生存状态是那么的恍惚和恐慌。

摇滚并不能拯救什么，它只是让你忘却和逃避，在乐尽人散之后，摇滚所剩下的，便只是一堆茫茫无边的孤寂。如同那个安徒生童话中的小女孩，她划完了最后一根火柴，风越来越大了，雪淹没了整个城市，但上帝还没有来。

传染到我的生活中，便是超乎寻常的激越以及短暂激越后的沮丧。"我的文章，偏要如骨刺一般，鲠在某些人喉间，让他们难受。"在那个时期所写下的文字，无一不浸染上了这份偏执和淡淡的哀伤。

三

雅典人苏格拉底说，唯有孤独的人，才强大。

法国人卢梭说，恶人才孤独。

德国人尼采说，孤独，你配吗？

中国流行歌手张楚说，孤独的人是可耻的。

四

到了生活日渐稳定之后，我才渐渐从这样的骚动中逃离出来。这些年来，我一直被看成是一个"成功男人"，每天西装革履，出没于各种金碧辉煌的高档场所，每天与趾高气扬的大小企业家、老少政治家们高谈阔论，切磋交流，每天把时间切成一小块、一小块的面包分发给大街上的每一个人，每天忙忙碌碌地会面、出书、讲座、赴宴……

我知道，我其实并不热爱这样的生活，甚而竟还有点厌倦。

但我总是情不自禁地深陷其中而无法自拔。我付出所有的青春和热情，都无非是为了博取一份世俗的肯定，而一旦得到了这一切之后，却突然发现，要摆脱它却比攫取它还更难。于是便偶尔地会非常怀念起过去的那种焦躁不安的"迪厅时光"了。

然而我又隐约地知晓，青春和孤独，成年的孤独，中年乃至老年的孤独，都是一些症状不同的疾病。每一个年龄段的人们都有着各自的孤独。你无法返身拾回你的过去了。你必须沉浮在现在的时光之河中，捞取另一份生活的感悟和失落。

我想，许多年前知识阶层以身相许的理想如同失踪的星辰无迹可寻，在一个时时处处以金钱来衡量存在价值的大商业年代，当我们把双手举过头顶，当南回归线的阳光直射我们的双眼，当暧昧的都市气息如亚热带的青藤般地缠绕住我们，在这样的时刻，我们所谓的"孤独"，竟会显得那么的做作和矫情。就如同我此刻在电脑前漫无边际地打下这些文字一样，其实我的内心却不清楚到底要向谁倾诉一些什么。

我真的并不十分知道：我们为什么孤独。

此刻，我正坐在大运河畔的一幢29层高的写字楼里写字。暮色中的晚风在都市的高空中飘摇而过，在并不严密的窗户上击打出一声声微微的呼啸。窗外，夜灯如蛇，蜿蜒百里，沉睡中的都市如一头孤独的怪兽。

身后是喧嚣红火的尘世，眼前，通往孤独的小道上，正大雪弥漫。

的确，所有喧嚣的事物，包括喧嚣的人生，都是很孤独的，无非，我们并不感知。

被知识拯救的生命

"哪怕在这个深夜，只有我一个人还在读书写字，人类就还有救。"

——顾准

1973年的某个深夜，年近六旬的顾准独坐在京城的某个牛棚之中。

那时，最爱他的妻子已在绝望之余自杀了，亲密的朋友们相继背叛消沉，连他最心疼的子女们也同他划清了阶级界线，而那场"文革"浩劫，似乎还没有任何终结的迹象。

人生在那样的时节，似乎真的走到了夜的尽头。

但读书人顾准就在这时开始写书了。

他默默地在一本小学生的习字簿上写着字，他写下了"希腊城邦制度"，写下了"从理想主义到经验主义"……神游千古，忧在当代。他恐怕已不能肯定这些文字是否还会变成铅字——事实上，直到20年后，才由一家地方出版社印行了这部手稿。但他还在默默地写，写到"生命如一根两头燃烧的蜡烛，终于摄施了它的所有光芒"。

顾准没有自杀、没有绝望，一位唯物论者在最黑暗的时候仍然没有放弃对人类未来的信心。许多年后，他的好友于光远说："是知识在这个时候拯救了一位她的儿子。"

几千年前，在遥远的巴尔干半岛，一位叫柏拉图的大哲人写过一本对话体的《理想国》，哲学家是那里的国王，知识是无上的食粮，在那个精神家园中还有一条很有趣的"法律"：一个人，哪怕他犯了死罪，但只要他还在读书，那么——看在上帝的份上，他就还有救。

事实上，是看在"知识"的份上，这个人还有救。

月前，网上有位爱读书的商人写了一篇散文，讲述自己在年近六十之届，才拥有一张小小的书桌时的驿动心情。

那份迟到的天真，满溢纸上，真让每个人看了都替他高兴。

书桌是一个象征，一个读书人富足踏实的象征。

当年抗战爆发之时，北平学生起而抗争，那道至今回荡在历史星空的吼声便是："华北之大，已经安放不下一张安静的书桌了！"一个时代，连书桌都放不下了，那问题的严重性便可见一斑了。

然而，读着那位商人的文字，在为他高兴之余，又不免有了几分替读书人伤感的凄然。

少年时负笈远行，走一站是一站，自然没一张固定的书桌；到了青年，赶上一个激越的年代，或上山或下乡，在广阔天地中，书桌是一种应该远离的"小布尔乔亚情结"；到了中年，开始为生计、为职称、为篮中菜、为身边娃而忙碌浮沉，书桌简直就成了一个缥缈的奢望；只有到了儿孙成家、退休事定后的晚年，好不容易喘出一口气来，才蓦然想到，当了一辈子的读书人，还没有过一张真正的、宁静的"书桌"。

于是自怜，于是茫然，于是开始匆匆置办……

这样的描述，几乎是我们父辈们的"人生公式"了。

当我很多年前大学毕业之际，一位年年拿一等奖学金的同学放弃保送研究生的机会，毅然决然去了当时领风气之先的南方。在毕业晚会上，他昂然宣称：在30岁前，成为一个有自己书桌的读书人。

那份豪情和壮烈，为伤感的晚会平添了一缕憧憬。

在那样的时刻，一张书桌，在年轻学人的心中便意味着全部的"物质基础"——要想有张书桌，总得先有买书桌的钱吧？总得拥有一块放书桌的空间吧？总得有毫不犹豫买下任何喜欢的书的钱囊吧？总得有从容读完一本书的宽裕时间吧？总得有一群可以从容地交流读书心得的朋友吧？

如果你能在30岁之前，拥有这一切，你难道不就拥有了一位现代读书人的理想的全部了吗？

在我写着这篇文字的时候，离那个晚会已经有20多年了。

20多年来，我们的所有努力其实都是为了能走近一张自己的书桌。

然而，我们到底有没有在这样的方向上继续前行？我们是否已经被物质的光芒所迷惑？我们是否已经开始沉迷在另外一些更为光亮的游戏之中？我们是否还相信生命中那些朴实而悠远的意义？说实在的，我没有办法确切地回答这些问题。当我们指责这个商业年代的浮华之时，其实自己的那张书桌和那份平和的读书心境也在逝水中渐渐飘远。

我知道这是一个"最好也是最坏的年代"。睿智的加尔布雷斯在1997年把这个年代称为"自满的年代",他认为,绝大多数的人并不会为自身长期的福祉设想,他们通常只会为立即的舒适和满足打算。"这是一种具有主宰性的倾向,不仅在资本主义世界是如此,更可说是人性深层的本质。"而要摆脱这种宿命,加尔布雷斯的答案是"自我救赎",你必须在自满与自省之间寻找到心态的平衡。于是,对理性的崇尚与对知识的渴求,变成了仅有的拯救路径之一。

"哪怕在这个深夜,只有我一个人还在读书写字,人类就还有救。"我不知道在很多年前的那个京城牛棚之中,被幸福抛弃的顾准是否闪现过这样的倔强的念头。

孙午飞 摄

当我们指责这个商业年代的浮华之时，其实自己的那张书桌和那份平和的读书心境也在逝水中渐渐飘远。

把生命
浪费在
美好的事物上

其实那年我也有50万

　　人生的路，有的时候越走越窄，有的时候越走越多，但是，每一次选择，便注定意味着无数的错过。

一

　　1999年，马云在杭州自己的家里创办阿里巴巴，他对追随他的17个人承诺，将带领他们打造出全世界最牛的电子商务公司，不过，因为只有50万元创业资本，所以只能发600元的月工资。

　　1999年，深圳润迅的年轻工程师马化腾把大学同学张志东叫到一家咖啡馆，急切地说："我们一起办一家公司吧。"他们又招揽了另外两位同学和一位懂销售的朋友，凑齐50万元，创办了腾讯。

　　1999年，在一家上海国有企业当董事长秘书的陈天桥面临一个恼人的选择：他该拿仅有的50万元去买一套房子呢，还是用它去创业？在妻子和弟弟的鼓励下，他决定冒险，辞职创办盛大。

这几个发生在1999年的50万元的故事，都已经成为当代青年创业史上的传奇。

其实，在那一年，我也有50万。

二

1999年开春，我的同事、好朋友胡宏伟约我去浙江淳安的千岛湖搞调研。到了那儿，县里开发公司的人无意中透露说，他们有意将一些小岛拿出来做生态农业的开发，鼓励私人承包经营，胡宏伟的小眼睛就亮了。

开发公司包了一艘船，带着我们遍览全湖，很豪气地说，你们要哪片地都可以。

千岛湖还有一个名字，叫新安江水库，是新中国成立后的第一个大型水利建设工程，为此迁移30万人，淹掉了整个淳安老城，龙应台妈妈的老家就沉在了湖底。这里的山水号称江南第一，水质之佳更是举国无双。

舟行水面，排浪碎玉，宏伟像个农民一样蹲在船头，望着湖面痴痴出神，这个神情深深打动了我。他是当时中国最好的农村记者之一，对土地、庄稼有宗教般的热情。"如果咱们有这么一个小岛……"他用极具诱惑的语调欲言又止。

接下来的事情是：他先给农业部产业政策与法规司打电话，认定此事合法；然后，与我一起看中了东南湖区的一块100多亩的半岛山林地，开发公司伐去山上的松木林，我们种进去了3000

多棵杨梅树。杨梅属乔木植物，从苗木入土到结果采摘长达8年，农民很少愿意成片开发，因此，我们的半岛便成了杭州地区最大的一片杨梅林。

承包半岛、种植苗木、建筑房屋，花了我们50万元。

三

如果，在1999年，50万元没有去买岛，而是去创业了呢？

如果，那年在杭州的马路上骑自行车，碰巧撞翻了马云，然后成了阿里巴巴的股东呢？

如果，那年拿50万元全数去买了王石、李嘉诚或巴菲特的股票呢？

有一次，去大学演讲，跟同学们聊及这些"如果"，大家都嗨得如痴如醉。

其实，在1999年，我正在进行着一项秘密的写作计划。上一年，受东亚金融危机的影响，中国民营企业界发生了改革开放后的第一次大倒闭浪潮，爱多、南德、瀛海威、巨人等大批显赫的企业土崩瓦解，我行走各地，实地调研，将之一一写成商业案例。

2000年1月，此书出版，起名《大败局》，它改变了我之后全部的写作命运。

如果用1%的阿里巴巴股票，换一部《大败局》，你换是不换？

四

半岛上的杨梅长得很缓慢，也没让我们少费心。压枝、施肥、除草、采摘、销售，以及与周遭农户的斡旋，每年都有诸多的烦心事。从投资回报率来说，农业从来不是一个赚快钱的产业，司马迁在两千多年前就说过了："用贫求富，农不如工，工不如商。"

这十多年来，我到岛上的次数并不频繁，每次栖居数日，又匆匆离开，回到那个喧噪嘈杂的都市里，归根到底我实在还是属于那个世界的。不过，这里带给我的、别样的快乐，却无法用金钱来量化。

千岛湖的天是那么蓝，空气中有处子般的香气，天很近，草很绿，时间像一个很乖、很干净的女孩。在这里，生命总是很准时，没有意外会发生，院子里的草在该长起来的时候适时地长出来了，就像那些似是而非的烦恼，你去剪它，或不去剪它，都仅仅是生活的某一种趣味而已。

到了酷暑盛夏，我们会摇着一只小木舟到湖中心，试了试水温觉得还可以，就跳下去游一会儿泳，然后躺在摇摇晃晃的小船上看天上的云。千岛湖的水真的很好，人在水中好像嵌在里面一样，一眼可以望到自己的脚趾。空气很清新，因而声音传得很远，岸边渔家夫妻打情骂俏的声音都遥遥地听得很清楚。

我们的屋前有一片不大不小的草坪，正对湖面，种着七八种不同的花木，中央有一株很繁茂的桂花树，这是1999年从杭州运来种下的。每年桂花盛开，风过叶响，它就不停地摇，好像一个很喜欢显摆的小妮子。

五

人生的路，有的时候越走越窄，有的时候越走越多，但是，每一次选择，便注定意味着无数的错过。

1999年以后，我保持着每年创作一本书的节奏，我觉得这是一位职业作家的自我约束。这些书有的畅销一时，有的默默无闻，有的还引起了纠纷诉讼，但在我，却好像农民对种植的热爱一样，既无从逃避，又无怨无悔。

我们读书写作、创业经商，都是为了让自己的生活变得更好。不甘于现状，才可能摆脱现状，但同时，我们也应当学会不悔过往，享受当下。

人生苦短，你会干的事很多，但真正能脚踏实地去完成的事情却很少，就正如索尼创始人盛田昭夫说过的那句话："所有我们完成的美好事物，没有一件是可以迅速做成的——因为这些事物都太难，太复杂。"

千岛湖杨梅岛上
吴晓波 提供

每年桂花盛开，风过叶响，它就不停地摇，好像一个很喜欢显摆的小妮子。

把生命
浪费在
美好的事物上

时间让你与众不同

　　他们简单地长跑，简单地做一件事情。他们做事，只为意义本身。所谓的成功，只是一个结果，它也许水到渠成，也许永无来日。

　　1902年，27岁的诗人里尔克应聘去给62岁的画家、雕塑大师罗丹当助理。在初出茅庐的诗人的猜想中，名满天下的罗丹一定过着十分浪漫、疯狂、与众不同的生活。

　　然而，他看到的真实景象与想象中的大相径庭，罗丹竟是一个整天孤独地埋头于画室的老人。

　　里尔克问他："如何能够寻找到一个要素，足以表达自己的一切？"罗丹沉默片刻，然后极其严肃地说："应当工作，只要工作。还要有耐心。"

　　是什么让某些人变得与众不同？我觉得罗丹说出了真正的秘密，那就是：工作，和足够的耐心。

　　年轻的时候，我们总想一夜成名，张爱玲说过的"出名要趁早，来得太晚的话，快乐也不那么痛快"这句话，真的耽误了很多年轻人。

其实，你如果把人生当成一次马拉松长跑的话，在前1000米是否跑在第一真是一件那么重要的事情吗？

我身边有着很多与众不同的杰出人物——至少在世俗的意义上是这样，他们都有一个共同的特质，那就是全身心地投入于自己的工作中。

在我熟悉的中国经济学家中，张五常大概是天赋最高的一位，他在40多岁的时候就差点儿得了诺贝尔经济学奖。同时他又是一个十分勤勉的人，早年为了写《佃农理论》，他把十几箱原始档案一一分拣完，这份工作大概是很多博士所不屑于去做的。到今天，他已经是一位年近八十的老人了，可是每周还要写两篇1500字以上的专栏文章。

在我了解的当代西方学者中，英国的尼尔·弗格森是公认的"神童"。他的研究领域横跨历史学、经济学与政治学三界之间，不到30岁就被牛津大学聘为研究员，40岁时被《时代》周刊评为"影响世界的100人"。

可是他的勤奋又是非常人能比的，为了写作《罗斯柴尔德家族》一书，他和助理们翻阅了罗氏家族百年以来的上万封家信及成吨的原始资料。

所以，在与众不同的背后，往往是一些不足为外人道的辛苦。他们简单地长跑，简单地做一件事情。他们做事，只为意义本身。所谓的成功，只是一个结果，它也许水到渠成，也许永无来日。

与众不同的东西，往往在制造的过程中是枯燥的、重复的和需要耐心的。

　　在流传至今的明清瓷器中，有犀皮斑纹的是最昂贵的，几乎一器难求。在很长的时间里，人们甚至不知道它是由哪些天才制作出来的。后来，王世襄终于在他的书中把秘密泄露了出来，它的制作过程是这样的——

　　工匠制作犀皮，先用调色漆灰堆出一颗颗或者一条条高起的地子，那是"底"；在底上再刷不同颜色的漆，刷到一定的厚度，那是"中"和"面"了，干透了再磨平抛光，光滑的表面于是浮现细密和多层次的色漆斑纹。

　　当我读到这个秘密的时候，突然莞尔。

　　每一件与众不同的绝世好东西，其实都是以无比寂寞的勤奋为前提的，要么是血，要么是汗，要么是大把大把的曼妙青春好时光。

这世上没有一样东西我想占有

直起腰来，我望见蓝色的大海和帆影。

——米沃什

先给你抄一段诗歌，是93岁才去世的波兰诗人米沃什写的：

如此幸福的一天

雾一早就散了，我在花园里干活

蜂鸟停在忍冬花上

这世上没有一样东西我想占有

我知道没有一个人值得我羡慕

任何我曾遭受的不幸，我都已忘记

想到故我今我同为一人并不使我难为情

在我身上没有痛苦

直起腰来，我望见蓝色的大海和帆影

这首诗歌是毕业于北京大学中文系的中国诗人西川翻译的，因而读上去一点都没有隔膜的味道。米沃什写它时大概已过了70岁，从容而没有尘土气。

我现在是在千岛湖自己的岛上读到它的。

今年江南的天气实在是好，午睡起来，一个人去厨房里泡了一杯新上市的龙井茶，然后跑到临湖的阳台上坐了一个下午，阳光晒得人全身发酥，一点邪念都没有了。就在我写着这些文字的时候，正是桂花开的季节，空气中弥漫着慵懒而颓废的气息，它总能让人想入非非。我的屋子的阳台正对西方，黄昏时分，千岛湖的落日非常快，一个轮大的红日在数丛晚霞的陪衬下，眼见着就滚进了深山的背后，天立即暗将下来。而湖水随即动荡，拍打岸边的水声渐渐地就大起来了，湖上已无来往的渔船，一天结束了。

我将在这个岛上度过一周，说起来是为了没有完成的写作，其实是想一个人躲起来读一些书，写一点字，其实，最后写出来的是什么并不重要了。

我带了一大堆报纸和杂志来岛上，它们都很枯燥，除了满目的商业竞争之外，就是刺目的数字。它们的创办人大多是我认识的人或朋友，那些出现在纸上的每个人都是当今中国最显赫的人物，他们在照片上的样子都好凶猛，要么在竭力地说明什么，要么就是在得意地炫耀，千篇一律的，我没有看到一丝真正发自内心的微笑。

我知道自己从来便是他们中的一个，从来就是，并以此为荣。只是现在，在晒了一个下午的太阳、闻了一鼻子的桂花香和读了米沃什的诗歌后，我突然发现很可笑。梁启超曾说，中国两千年，一部二十四史，就是一部二十四姓族的"砍杀"史。其实何止是中国史，从荷马史诗到伊拉克，一路上滴血走来，却哪里逃得出"砍杀"两字，一切历史都是当代史，再看今日中国或世界的事物，从中国的商业争斗到美国的总统大选，林林总总，概莫能外。这样想去，便很能让人平和了。

能读到好的诗歌，是人生最大的幸福了。我回到杭州当即去买米沃什的诗集。此人生于乱世，少年时参加华沙起义，目睹20万人在两周内一一死去；青年时叛走他国，被族人视为"无耻的背节者"；壮年时暴得大名又长期被美国人怀疑是"苏联鼹鼠"，到死都没有搞清楚自己是波兰人还是立陶宛人。可是，在晚年他却还能够写出那么干净的诗歌。

"直起腰来，我望见蓝色的大海和帆影。"大海和帆影其实从来就在那里，只是我们没有直起腰来。

写到这里，伸个懒腰，遥望淡淡暮霭中的千岛湖，心中竟还是若有所失。唉，心中放不下的那一点心思，此刻，正随松柏后面的落日一起，无声坠下。

千岛湖杨梅岛上
周万京 摄

大海和帆影其实从来就在那里，只是我们没有直起腰来。

把人引向毁灭的从来不是金钱

金钱让人丧失的，无非是他原本就没有真正拥有的；而金钱让人拥有的，却是人并非与生俱有的从容和沉重。金钱会让深刻的人更深刻，让浅薄的人更浅薄。

一

也许在我们即将离开这个忙碌、喧嚣的尘世的时候，你会呆呆地面对天花板，问自己一个这样的问题：在你的一生中，曾经有什么给你带来过最大的快乐？

是初恋时那一低头的温柔？

是事业发达时那顾盼生风的豪情？

是洞房红烛夜？是金榜题名时？

然而肯定的是，你不会像马丁·摩尔斯那样的回答，这位英国最大的期货公司终身总裁在临终时回答说："是我18岁那年赚到第一个英镑的时刻。"

你大概不会这样回答，因为你害怕在临终之时还留下一个葛朗台式的"恶名"，因为你并不觉得自己热爱金钱。然而，在你这一生中，你不能不热爱金钱。金钱是万能的，这句话至少有一半是对的。

因为现世万物，金钱似乎是交换一切的"万能工具"，包括最不可逆的时间。

二

金钱的"万能"，是因为人们赋予了它万能的意义。

金钱是一个天平，你可以在上面称出一个人的成功、一个企业和品牌的价值、一个国家的国力。换而言之，人生的、社会的乃至国家的价值，至少有一半是可以用金钱来衡量的，而它们的"金钱价值"，又都是相对的、辩证的。

好几年前，一部叫《一个也不能少》的电影曾让无数中国百姓好好地感动了一把。那天，又在爱奇艺上搜出来重看，坐在漆黑的家里，我突然发现，在这部关于教育的电影中，导演张艺谋讲的其实是一个关于金钱的故事。

魏敏芝先是追着喊着找村长，想要的是那50元的代课费；后来她阻拦一个学生到县少体校去集训，所担心的，也是怕少了一个学生就拿不到50元钱；再然后，她到县城去找张慧科，也是怕那50元黄了。

高老师连手指头都拿不住的粉笔也舍不得丢掉，而是用指甲夹住了继续在黑板上写字；20多个从来没有看到过可口可乐的学生轮流着喝一罐"很贵"的可乐……

如果有了50元，再有了50元、50元、很多很多的50元，如果有了一根、两根、很多很多根粉笔，如果有了一罐、两罐、很多很多罐可口可乐，也许就没有了魏敏芝和她的学生们的窘迫了。当然，那个时候可能便也没有了张艺谋式的温情和淡淡的哀伤了。

可是，在现实的生活中，你愿意要那份深刻的哀伤还是平庸的富足？把九文大钱排在酒柜之上，让孔乙己享受到了瞬间的快感。这样的快感，我们每一个人都能够体会到，然而却不愿意说出来。

三

李嘉诚70岁大寿那天，有宾客问他：你平生最大的愿望是什么？李嘉诚小声地对宾客说：开一间小饭店，忙碌一整天，到晚上打烊后，与老婆躲在被窝里数钱。

宾客大笑，李嘉诚亦大笑。笑声两重天，这中间的"误读"似乎很难完全的弥合。前几天，马云的公司在美国上市，他貌似也说过类似的话，其实，读懂的人也没有几个。

没有享受过金钱的人，的确无法真正体会金钱的美妙与邪恶。如果曹雪芹不是破落贵族子弟，他到哪里去寻觅奢侈而堂皇的大观园？如果张岱没有经历过一段荒唐不羁的青春，他的《西湖梦寻》是否还有那份刻骨铭心的喟叹？

"钱袋越满的人，灵魂越空虚"的说法，显然散发着一阵酸溜溜的做作之气。

金钱让人丧失的，无非是他原本就没有真正拥有的；而金钱让人拥有的，却是人并非与生俱有的从容和沉重。金钱会让深刻的人更深刻，让浅薄的人更浅薄。金钱可以改变人的一生，同样，人也可以改变金钱的颜色。

把金钱当对手和敌人的人，将一生为金钱而烦恼；而把金钱当朋友的人，将获得金钱给予的欢乐和平和。成为金钱的奴隶，或将金钱视为奴隶的人，都无法与金钱平视对坐。

四

有一首老歌是这样唱的："我想去桂林呀我想去桂林，可是有时间的时候我却没有钱。我想去桂林呀我想去桂林，可是有了钱的时候我却没时间。"

然而，这样的歌词其实是不全面的。金钱可以交换安逸、交换保健、交换服务，从而便也间接地交换到了时间。有记者问法国女设计师夏奈尔对金钱的看法，夏奈尔说："它使我获得的独立性是很有价值的。"

金钱可不可以交换到爱情，我没有绝对的把握。可是，金钱至少可以让全天下的有情人过上有饭有床的平静生活。从古到今，天上人间，我们目睹的爱情悲剧至少有一半以上是因为金钱的窘迫而拉开了裂纹。

至于思想，似乎与金钱无关，可是没有金钱的思想会是怎样的？很小的时候，家里有一本线装的泛黄的《论语》，那是我读到的第一本古书，其中的一段文字影响了两千年来的中国文人："一箪食，一瓢饮，在陋巷，人不堪其忧，回也不改其乐。贤哉，回也！"

安贫乐道，文人情怀。可是据说爱提问的、孤傲的颜回最后是饿死的。

颜回之乐，与贫困有什么必然的联系吗？如果有钱，颜回不也就不用"其忧"而只需"其乐"了吧？

饿着肚子的思想家，最后只能思想自己的肚子。

五

黑格尔在自己的著作中曾经论述说：在人本性中有一种精神，它以牺牲狭隘的生理利益去追求一种超越其生理利益的目标和原则为满足。黑格尔因此把人理解成一种"精神的载体"，他特有的尊严与其内心挣扎受到生理或自然限定的自由的程度紧紧地连在一起。

他的理论很可以解释，在商业社会里，人与金钱的伦理关系。

金钱是用来赚取的，同时，金钱也是用来付出的。

随着一个人的金钱越来越多，他在得到中获取的快乐——无论是心理上的还是生理上的，都将逐渐递减终而归附于零，而因付出而获得的快乐和成就感将越来越大。这也就是近年来越来越多的企业家投身于慈善、NGO等公共事业的原因所在。金钱的伦理就本质而言，是一个人对自我价值认同的提升过程。现代人的一生，就是一个与金钱抗衡、妥协乃至平等共处，最终彼此取悦的历程。

在这个意义上，一个人对待金钱的态度，其实也是对待生活和生命态度的某种投影。在所有的人间故事中，把人引向毁灭的不是金钱，而是他本人的作为，金钱在人类悲剧中所起的作用，从来不是主动的，而是被动的。

现代人的一生，就是一个与金钱抗衡、妥协乃至平等共处，最终彼此取悦的历程。

美国旧金山 乔布斯生前寓所外

吴晓波 提供

总有一代人会实现我们的梦想

我以为，我们的梦想已经失落在呼啸而过的路上；我以为，我们注定生存在一个根本不值得大师用文字记取的时代。

我不知道有多少年轻的传媒人是从罗纳德·斯蒂尔那本厚厚的《李普曼传》里寻找到梦想的种子的。

19岁那年春天的一个早上，哈佛大学二年级生沃尔特·李普曼听到有人敲他的门，他打开门，发现一位银须白发的老者正微笑地站在门外，老人自我介绍："我是哲学教授威廉·詹姆斯，我想我还是顺路来看看，告诉你我是多么欣赏你昨天写的那篇文章。"26岁的一个华盛顿之夜，《新共和》的年轻编辑李普曼被介绍到美国总统罗斯福的面前，总统微笑着对他说："我早就知道你了，听说你是30岁以下最著名的美国男士。"

我是在18岁那年，1986年，在复旦大学的图书馆里读到这些情节的。那是一个月光很亮的夜晚，当我从图书馆走回6号楼宿

把生命
浪费在
美好的事物上

舍的时候，内心充溢着无限的憧憬和冲动。我想我之所以能够在
20多年之后依然无悔地走在这条路上，大半是被那天夜晚的月光
所迷惑了。

生活在世纪转折的中国青年，几乎是被商业浸泡和"掠夺"
了青春的整整一代。当我们一无所有地走出校园的时候，我们首
先必须面对的是烦琐的职业、昂贵的房租和无尽的物质诱惑，为
了让父母放心、伴侣幸福、上司满意，我们必须用所有的青春去
预支、去交换。于是，有想象力者成了最优秀的策划家，辞藻华
丽者成了最繁忙的广告人，有运作力的则成了所谓的商业新贵，
再也没有人等待春天早上的那个敲门声，再也没有人可以笔直地
站在"总统"的面前。

直到今天，当我写下这些文字的时候，内心竟已经没有了一
丝的不安和自怜，我相信这应该是一代人的宿命，不管我们有没
有瞭望到，它都将如期而至。

于是，有很长一段时间，我以为，我们的梦想已经失落在呼
啸而过的路上；我以为，我们注定生存在一个根本不值得大师用
文字记取的时代。

直到三四年前，读到许知远和他们的文字。更让人惊奇的
是，这些青年人已经冲杀到中国最优秀商业媒体的核心。在一片
血腥的故事和数据之中，这些充满了潮湿的梦想气质的喃喃自语
一缕一缕地从水泥深处渗将出来，不管你是否听懂了，是否喜欢
了，它们依然像蚕丝一般坚韧，它们喋喋不休地念叨着李普曼、
亨利·卢斯、托克维尔、罗尔斯、加尔布雷斯……这些名字像咒
语一般富有魔力，让一个平庸、浅薄而让人不耐的商业世界平添
了一分怪异的精英气质。

互联网和全球化的到来，让中国青年得以在一夜之间绕开所有的传统和包袱。当许知远们飞越重洋，敲开《经济学人》、《华盛顿邮报》总编的办公室的时候，世界似乎真的缩成了一个小小的桃核。这是一些足以让所有人产生幻觉的对话和经验，它让我们相信改变是可能的，梦想是真实的，未来是真的会到来的。

此时此刻，当我一页一页地阅读着这些文字的时候，我仿佛又回到了18年前的那个夜晚，月亮又大又亮，照耀在即将出发的道路上。我仿佛看到那个似乎沉沦的梦想又如泡沫一样的复活。

那个梦想，100多年前，在刘鹗的书桌前曾奄奄一息："棋局已残，吾人将老，欲无哭泣也，得乎？"

那个梦想，100多年前，在梁启超的海船上又曾复活了："纵有千古，横有八荒，前途似海，来日方长。美哉我少年中国，与天不老！壮哉我中国少年，与国无疆！"

那个梦想，从来是沉重和"不真实"的。台湾作家龙应台早年留学美国，看见美国的年轻人抬头挺胸，昂首阔步，轻轻松松地面对每天升起的太阳，她实实在在地觉得不可思议："这样没有历史负担的人类，我不曾见过，我，还有我这一代人，心灵里的沉重与激越，是否有一个来处？"

做这两个世纪的中国人实在是很累。从梁启超、周树人到龙应台，再到我们，都是一些无法轻松的人。我们总是被一些无解的使命所追问，被一些没有着落的理想所驱赶。我们总是少数。当许知远在自己的博客上写道："一份《新青年》比当时中国最著名的纺织公司，更有影响力。"四周溅起的仍然会是一片嘈杂的不解和不屑声。我想这并没有什么，从来没有一个国家和时代的梦想是由所有人的肩膀一起来承担的。

对于一个以"致富"为生存准则的时代，丛林法则和达尔文主义的盛行似乎是一种必然。但是，总归要有那么一些人去呵护住最后那点理想的火星，总归要有那么一些人用夸张和尖厉的声音去引导精神的方向。我们都是一些最终都到达不了目的地的人们——我甚至怀疑以"天生的全球化一代"自诩的许知远们能否真的走到那里。但是，在很多时候，这都不重要，重要的是，我们像稻草人一样地矗立过，历史的大风总要从这里吹过，我们和它处在同一个方向上。

我相信，总有一代人会实现我们的梦想。

总有一代人，会像李普曼那样等到敲门的声音，等到笔直地站在"总统"面前的时刻，等到《光荣与梦想》式的中文著作轰然诞生，等到《纽约时报》式的中文报纸在中国的大街小巷上被响亮叫卖，等到伍德沃德和伯恩斯坦式的中国记者成为国家英雄。

然后，历史在他们手中"终结"。

然后，"最后的中国人"出现了，他们与龙应台看到过的美国青年一样，"抬头挺胸，昂首阔步，轻轻松松地面对每天升起的太阳"。

（作者注：本文写于2004年前后，是为许知远的一本新书写的序言，十多年过去了，知远早已离开服务过的报纸，但他的写作仍然迷人，而我仍然坚定地相信："总有一代人会实现我们的梦想。"）

"吴晓波频道"团队
周万京 摄

总归要有那么一些人去呵护住最后那点理想的火星，总归要有那么一些人用夸张和尖厉的声音去引导精神的方向。

把生命
浪费在
美好的事物上

唯一生生不息的是野草和青年人的梦想

如果我们仍然仅仅只会愤怒、怀疑和破坏，而不尝试着去学习妥协、相信和建设，那么，今天的青年又如何能超越90多年前的自己？

每年的此时此刻，太阳都将如约升起，初夏的空气中升腾起焦灼而骄傲的气息，城市里所有匆忙的人们都暂停脚步，纪念自己的青春。

96年来，每年的此时此刻，我们都一起回望。

作为最普通的国之青年，算来，我已经度过了30多个青年节。

第一次有资格过五四青年节的时候，仿佛沐浴一场成人礼，有特别的神圣感，那些遥远而傲岸的名字像一面面旗帜在远方飘扬。在后来的很多年里，那是一次次神秘的眺望，它与理想、牺牲、国家利益等同在一起，成为生命中最激越的那一个时刻。

后来，我开始了解那一场运动的每一个细节，熟悉每一个伟大名字的生命历程。我突然发现，他们也是矛盾的、焦虑的。

他们也是一群20岁上下的年轻人——更多的是中学生和小学生。就如同所有的青春都没有蓝图一样，那些决然的行动背后飘荡着同样庞大的困惑，而这些困惑并没有在一场运动后烟消云散，相反，它们缠绕了这些人的一生，甚至直到今天仍是这个国家最迫切的成长命题。

再后来，我在广场之外去寻找那一天的中国。我发觉，那一场学生运动其实是更广泛意义上的全民运动，全国22个省的150多个城市举行了罢工罢市，如果没有商人、军人和工人们的支持，它将不可能产生如此爆炸性的影响。

再再后来，我在中国之外去寻找那一天的坐标。我看到，同样是在1919年的亚洲，另一个饱受屈辱的文明古国印度也发生了一场伟大的运动。一个叫甘地的律师发动了"非暴力不合作运动"，他以一种更温和却同样坚定的方式唤醒了自己的国家。

20多年来，"五四"在我的心目中，反复重现、印证、颠覆和重构。而我的这种体验，可能发生在过去90多年中所有的中国青年身上。1919年的5月4日，就像一列灯火辉煌的火车，在暗夜中一闪而过，给人留下若有所失的晕眩感，从彼往后，它变成了一个充满悬念的使命。

此时此刻，我开始猜想，如果90多年前的那个青年人回到今天的中国，他会有怎样的发现和感慨。他会看到什么在进步，什么在停滞，什么在倒退，什么变得不可思议，什么变得面目全非；他会相信什么，还是一如往昔地怀疑一切？

我继而猜想，什么是青年？

这个问题听上去很可笑。不过，就在今天，我不由自主地问自己。青年是一个生理名词，还是心理名词？青年是一个特指的族群，还是指国家的某种气质？

几乎在所有国家的中心广场上，纪念碑的塑像都是由青年担当着主角，他们往往目光如火，纵身向前，呈现出呼啸呐喊的身姿。可是，这就是国家成长的全部内涵所在吗？如果说，青年将拯救我们的国家，那么，谁来拯救青年？

这个国家的青年，在两千多年的时间里是十分骄傲的，可是到了1840年鸦片战争惨败，突然发觉自己成了东亚病夫，那种焦虑和狂躁是可以想见的，于是呼啸革命成了集体的选择。

觉醒是一个痛快而痛苦的过程，因为梦想不再，而觉醒的方式和道路却是模糊和多样化的。一直到今天，中国的现代化模式仍在探索之中，充满了巨大的不确定性。在这个意义上，今日之青年所面临的中国命题，与1919年相比，仍有一定的连续性和相似性。

进步在于，90多年后，我们不再把革命与现代化混为一谈，我们更加相信建设的力量，开始学习理性和妥协。

中国近百年历史，其实就是关于革命与改良的选择。让人高兴的是，在刚刚过去的30多年里，改革开放的经验证明，一个国家的经济腾飞完全可以不经由社会和政治革命的途径来完成，在经济的和平崛起中，没有爆发大规模的社会动荡，没有发生饥荒、国家分裂和民族对立，绝大多数的民众是这场改革的获益者，渐进式的思想已经成为社会的主流共识，这是一个十分了不起的成就。未来30年、60年乃至90年，我们需要证明的是，这种渐进式的变革路径和模式有可能给更大范围的、更为纵深的中国社会变革带来新的可能性。

每年的此时此刻，我们以纪念的方式，让自己不要失去愤怒、怀疑和前进的破坏力。但是，如果我们仍然仅仅只会愤怒、怀疑和破坏，而不尝试着去学习妥协、相信和建设，那么，今天的青年又如何能超越90多年前的自己？

我想起很多年前的1969年，那是共和国最混乱和迷茫的时期，文攻武卫，举国狂躁。21岁的北京地下诗人郭路生写下了《相信未来》："当蛛网无情地查封了我的炉台，当灰烬的余烟叹息着贫困的悲哀，我顽固地铺平失望的灰烬，用美丽的雪花写下：相信未来！"10年后的1979年，另一个笔名叫北岛的青年遥相呼应，写下《我不相信》——"我不相信天是蓝的；我不相信雷的回声；我不相信梦是假的；我不相信死无报应。"

这就是青年的力量。这就是正在进步的理性力量。

90余年中，每一场青春，总是流离失所，充满了种种的挫败感。

然而，90余年间，在这个地球上，唯一生生不息的，正是野草和青年人无尽的梦想。

对峙本身真的是一种胜利吗?

他就像个过河的卒子,单枪匹马地和严阵以待的王作战,这残局持续了50年,而对峙本身就是胜利。

——北岛

刚刚从欧洲归来,去了德国和西班牙。走在欧洲宁静的田园小城里,一次次地被打动,静静地想了很多关于中国的话题。1870年,中国开始洋务运动,德国刚刚被俾斯麦统一;1978年,中国开始改革开放,西班牙结束了佛朗哥的独裁统治;而今,德国与西班牙早已完成市场化改造,而我们还蹒跚在路上。若以时间而论,我们实在无法用"迟到"为自己找借口。

1966年的中国,现在已经成为国家历史中的一道伤口。在那一年的8月5日,毛泽东贴出《炮打司令部——我的一张大字报》,在接下来的3个多月里,他8次登上天安门,接见了1300万人次的红卫兵。从此拉开了十年"文化大革命"的序幕。

想当年,这些热血沸腾的学生喊着"造反有理"的口号,把教室砸得稀巴烂,将自己的老师绑起来批斗,用皮带抽打他们,然后再冲进几乎全中国所有的寺庙,将佛像、书籍等文物尽数砸毁焚烧。多年之后,一代又一代的中国人在反复地警思,青春的生命为什么可以疯狂成如此模样,而这样的景象是否会在日后的历史中再次重演?

答案是模糊和不确定的。

我愿意把视野放得更广泛一点,来思考这个问题。

放眼20世纪60年代中后期的世界,你会发现一个十分奇异的现象:在那几年,陷入狂飙的不仅仅只有中国,那似乎是一个"造反者的年代"。

自1945年第二次世界大战结束之后,战后"婴儿潮"一代正集体地进入青春期,当有关人类命运的伟大叙事渐渐让位于平庸的商业生活时,这一代青年人表现出了非同寻常的不安,他们在寻找宣泄的出口。哈佛大学的美籍日裔学者入江昭(Akira Iryie)日后评论说,中国的"文化大革命"在某种意义上是一个全球性现象,全世界的青年人都在反对他们的领袖。

在美国,几乎每一所大学都在发生学生游行,他们反对越战,要求性自由,自称是"垮掉的一代",著名的哥伦比亚大学和伯克利大学一度被学生"占领"。

1968年的4月4日,著名的黑人民权运动领袖马丁·路德·金在一家旅馆阳台上被刺杀,愤怒的黑人在100多个城市发动了抗议示威。

在日本,学生运动也是风起云涌,东京大学的安田讲堂大楼成了一个象征性的城堡,在这里经常发生学生与警察的冲突事件。

到了5月，法国首都巴黎爆发了全欧洲规模最大的学生运动，巴黎大学的学生们集体罢课并占领了大学校舍，警察封闭了校园，学生们在街头筑起街垒同警察对峙。接着，工人举行总罢工，20多万人涌上街头，高呼反政府口号。学生占领学校，工人占领工厂，水陆空交通停顿，整个法国陷于瘫痪，戴高乐总统被迫改组了政府。

在那些渴望革命的欧美学生中，最让他们醉心的偶像是两个社会主义的领袖。一个是毛泽东，很多人把他的头像刺在手臂上，据1967年2月17日的《纽约日报》报道，《毛主席语录》正风靡全球，它出现在纽约曼哈顿的每一个书店和书报摊上，在日本东京售出了15万册，而在法国巴黎，甚至成了畅销书排行榜上的第一名。有关数据显示，在十年"文革"时期，全世界出版了50多种文字、500多种版本的《毛主席语录》，总印数达50余亿册，以当时全世界30多亿人口计算，男女老幼平均每人拥有一本半还有余，以至于它被认为是"20世纪世界上最流行的书"。另一个是古巴的切·格瓦拉，他在追随卡斯特罗取得古巴革命胜利后，又跑进南美丛林中继续打游击战，1967年10月，39岁的格瓦拉被美国中央情报局和玻利维亚政府军杀死，谁料这竟让他成了左翼学生运动的"圣徒"，在后来的40多年里，他的一张头戴金五星贝雷帽的头像被印在无数的T恤、咖啡杯、海报和钥匙串上。

然后，与中国不同的是，1968年的欧美学生风潮没有演变成一场颠覆性的社会革命，如法国政治评论家雷蒙·阿隆所描述的，它最终成了一场发泄情绪的"心理剧"。而这又是因为什么呢？

杰出的英国历史学家霍布斯鲍姆在《极端的年代》中给出了

解释：其一，日渐富足起来的中产阶级没有成为学生的同盟军，革命失去了必要的社会土壤；其二，知识分子表现出了理性、制衡的能力；其三，也是最重要的一点，西方产业工人的结构发生了本质性的变化，从1965年开始，以出卖体力为主的制造业工人数量开始大幅度下降，服务业迅速繁荣，"知识工人"成了新的主流，在英国和当时的联邦德国，煤炭和纺织工人的数量在10年间减少了一半，在美国，钢铁工人的人数甚至少于麦当劳快餐连锁店的员工。新型资本主义的产业特征和商业进步轨迹，最终改变了成型于19世纪末叶的阶级斗争理论。

也就是说，中产阶层的成熟是让一个国家摆脱非理性疯狂的唯一药方。

这样的结论不知是否适合当今的中国，不过，我们也许从此可以寻找到一个思考的出口。在20世纪60年代的美国学生运动中，一个叫艾伦·金斯堡的大胡子诗人是青年们的偶像，他最出名的诗歌是《嚎叫》，它的头一句是——"我看见这一代精英被疯狂毁掉。"

很多年后，当过红卫兵的中国诗人北岛与金斯堡成了好朋友。在《失败之书》中，北岛写道："说来我和艾伦南辕北辙，性格相反，诗歌上旨趣也不同。他有一次告诉我，他看不懂我这些年的诗。我也如此，除了他早年的诗外，我根本不知他在写什么。但这似乎并不妨碍我们的友谊。让我佩服的是他对权力从不妥协的姿势和戏谑的态度，而后者恰恰缓和了前者的疲劳感。我想这50年来，无论谁执政，权力中心都从没有把他从敌人的名单中抹掉。他就像个过河的卒子，单枪匹马地和严阵以待的王作战，这残局持续了50年，而对峙本身就是胜利。"

是的，"对峙本身就是胜利"，这是一种无与伦比的、空前迷人的青春姿态。不过，50年来，金斯堡死了，北岛老了。此刻，在江南初秋的暗夜中，当我读着金斯堡的诗歌和北岛的散文，却开始想着另外的话题——

比如，对峙是否有理性的边界？所谓的胜利是单边的压倒还是双边的妥协？青春的建设性与破坏性是否可能合为一种力量？

1968年法国巴黎"五月风暴"
Janine Niepce / 东方IC

中国的「文化大革命」在某种意义上是一个全球性现象，全世界的青年人都在反对他们的领袖。

把生命
浪费在
美好的事物上

冷漠是成熟的另一个标签

今天，在一个周末午后，我从书架上取下《不合时宜的思想》，瞭望1917年的作家高尔基和十多年后的大师高尔基，在这道分裂了的身影里，我找到了一个严厉的警告。

1917年，俄皇尼古拉二世政权被推翻，俄皇和他的妻子费奥多罗夫娜被软禁在叶卡捷琳娜堡。这一天，一位叫海辛的年轻作家来到了皇村，在《印象记》中，他写道：费奥多罗夫娜人变瘦了，穿着一身黑衣服，左腿很厉害地瘸着。

"瞧，病人，"人群中有人叫道，"腿都断了。"

"该让格列沙（俄皇宠臣）到她这儿来，"有人在嬉笑着，"那就立刻好了。"

一阵响亮的哄笑。

那是一个革命狂热的大年代，海辛的"印象"记录了一段真实的细节。这样的细节，在那样的大时代中，不但人见不怪而且还显得有一点点有趣。然而，便是海辛的这段描述，惹出了一个

"不合时宜"的声音。

"放肆地嘲笑病人和不幸的人——不管她是什么人，是一件卑鄙而下流的事……我们应该牢记这一点，使得权力不至于毒害我们，把我们变成比那些我们终生反对并与之斗争的人更卑鄙的魔鬼。"

人们吃惊地发现，说出这句话的是全俄罗斯最同情革命的作家玛克西姆·高尔基。

这便是几年前才被解密的事实：在1917年，在十月革命的暴风雨中，在20世纪初的某一些激越的俄罗斯之夜，在枪声和炮声交织的窗下，信仰革命的高尔基曾经说了很不合时宜的话，很多让当时的当权者感到尴尬、当时的革命者感到愤懑的话。

——在走向自由的时候，不可能把对人的爱和关心抛弃在一旁；

——千百年来，人类致力于创建了还算不错的生存条件，并不是为了在20世纪来摧毁他们创造出来的东西；

——如果革命不能立即在国家里发展紧张的文化建设，那么，照我看，革命就是没有结果的，就是无意义的，而我们也就是不善于生活的人民。

因为这些文字，高尔基遭到了广泛的批判和革命群众的"信封子弹"。终于，到第二年的7月，彼得格勒出版事务人民委员部查封了刊登高尔基这些文章的《新生活报》编辑部。有人提议应该把高尔基扔进集中营。唯有他的"朋友"列宁保持了一种较宽容的态度，他对手下的干部说，"高尔基会很快无条件地回到我们这边的"。

过了10年，流浪海外的高尔基回到了苏维埃，这时候的他已经被供在了革命文学大师的祭坛上。

这一年，一名逃亡到英国的诗人加松诺夫出版了《我的二十六座监狱和我从索罗维茨岛的逃亡》，这便是索尔仁尼琴日后发表的《古拉格群岛》的原型，苏联的监狱群岛地狱般的生活第一次血淋淋地剥现在世人的眼前。

为了驳斥这本书的无耻谣言，有关当局决定邀请大师高尔基亲自出马视察索罗维茨岛。

这个消息很快传遍了索罗维茨岛，犯人们似乎在黑暗的深渊中看到了一丝微微的亮光。然而，在克格勒的精心安排和导演下，在大师视察群岛的那些日子里，所有的犯人都无法获得接近大师的机会。

终于，在大师去儿童教养院参观的那个下午，高潮出现了。

在一群欢乐地跳舞的孩子中间，一位14岁的男孩子突然冲出了人群，他来到了大师的眼前，睁着俄罗斯人的蔚蓝的大眼睛，说："你听着，高尔基，你看见的都是假的。"

所有在场的人都惊慌失措。正直的上帝借孩子之口把真相告诉了文学大师。一个小时后，大师老泪纵横地从教养院中踉跄而出，一辆轿车接上他，驶向了远方。

第二天，大师离开了惴惴不安的索罗维茨岛。

第二天，说真话的男孩子被枪毙了。

所有的人，都在等待着大师的视察记。

终于，在《真理报》上，大师的文章发表了。"索罗维茨岛——寂静和惊人的美。晚上听音乐会。招待我们吃本地产的鲱鱼，肉嫩味美，吃到嘴里像要融化似的……"

若干年后，受难的索尔仁尼琴忍不住大声地质问已经过世的大师：啊，阐释人心的高手！精通人学的专家！为了对得住自己那被恩赐下来的仆人成群的宫殿般的生活，你或许可能对所有的灾难都视而不见，可是，可是你怎么竟没有把那个对你说出真话的孩子带走？

枪声已经不再在恬静的窗前响起，眼泪已经不再从优雅的文字中涌出，坐在鲜花和荣誉的祭坛上的大师已经不再听到受难者的哭泣和号鸣了。

或许，你们今天的受难是昨天作孽的结果；或许，暂时的人道的缺乏是阶级利益的需要；或许，为了俄罗斯更灿烂的明天，你们这群人包括那个14岁的男孩子都注定了要在这个群岛上经历非人的苦难。

或许，冷漠不需要理由；或许，所有的残忍只需要片刻脆弱的自我安慰和心灵的暂时的宁静；更或许，这样的质问本身，已经不仅仅是针对高尔基了，而是构成了人类文明史以来所有种族和所有世纪的悲喜剧之源。

曾几何时，冷漠的基因便是以这样的方式注入我们的血液之中，它成为一个人走向成熟或成功的另一个标签。今天，在一个周末午后，我从书架上取下《不合时宜的思想》，瞭望1917年的作家高尔基和十多年后的大师高尔基，在这道分裂了的身影里，我找到了一个严厉的警告。

枪声已经不再在恬静的窗前响起，眼泪已经不再从优雅的文字中涌出，坐在鲜花和荣誉的祭坛上的大师已经不再听到受难者的哭泣和号鸣了。

孙午飞 摄

骑到新世界的背上

我要讲自己的话，我崇尚自由的精神，我希望有一个自在的氛围。这就是我理解的自媒体，它是——自己的媒体，自由的媒体，自在的媒体。

关于要不要做自媒体，处女座的我纠结了很久。我的胖子朋友罗振宇在开始做《罗辑思维》的那一阵子，一再地怂恿："你要做自媒体呀，你要做自媒体呀。"等罗粉涨到170万之后，他对我说："你一定要想清楚了，再做自媒体。"好朋友都是这样的，往往喜欢把自己没搞懂的东西坚定地推荐给自己的死党。

他提醒我要想清楚的有三点：你已经有名有利，为什么还要做自媒体？你打算投多少精力做自媒体？凭什么年轻的朋友们要读你的自媒体？

我想了很久。其实到现在，还没有完全想清楚。

我为什么要做自媒体，不做会死吗？不会。我真的有那么多的话要对这个世界说吗？好像也没有。你确定能保证投入极大的精力吗？它会影响我的阅读、写作、旅游及蓝狮子出版吗？不知道。真的有那么些人会傻乎乎地每周浏览你的专栏和视频吗？仍是不知道。

但是，我的自媒体——"吴晓波频道"还是在今天上线了。我和我的团队已经努力把每个版块和细节磨到最好，然而在端出来的此刻，心里还是忐忑不已。

"吴晓波频道"之所以端出来，只是因为，我觉得"天"变得比想象的快，纸质媒体及传统新闻门户正在迅速式微，我所依赖的传播平台在塌陷，而新的世界露出了它锋利的牙齿，要么被它吞噬，要么骑到它的背上。

说实话，在博客和微博时代，像我这样写惯了报刊专栏和书籍的人，一度非常不适应，我不喜欢口语化的写作，鄙视靠耸动性言论获取粉丝的做法，我也不习惯在闹哄哄的广场上跟人互喷口水。我宁可躲到一旁，在书房里读我的书，在电脑前写我的书，在课堂上讲我的书。

微信的到来，让我突然有了新的适应感。因为我发现，在微信的朋友圈里，你更愿意读到和分享理性的内容，喧嚣的声音被大量屏蔽，人们从广场上重新回到了稍稍安静的大厅里。而自媒体则更加的有趣，它如同一个贴了门牌的、有主人的房间，人们因同样的兴趣和爱好，聚在了一起，我安静地说，大家安静地听，你举手我可以看到，你发言我可以听到，你捣乱我可以赶你走，而我有不能让你满意的地方，你也可以掉头离开。所有来到这里的人，又可以互相找到，问候交流。

在这里，我们将认真地讨论一些公共话题，它们将聚焦于财经事件和人物，当然，随着中国改革的深入，我们将不可避免地触及政治、社会和文化命题。很多年来，我一直习惯以一种更旁观的身份来观察和记录这个时代，我迄今记得青年时的职业偶像——美国评论家李普曼说过的那段话："我们以由表及里、由近及远的探求为己任，我们去推敲、去归纳、去想象和推测内部正在发生什么事情，它昨天意味着什么，明天又可能意味着什么。在这里，我们所做的只是每个主权公民应该做的事情，只不过其他人没有时间和兴趣来做罢了。这就是我们的职业，一个不简单的职业。我们有权为之感到自豪，我们有权为之感到高兴，因为这是我们的工作。"

是的，"因为这是我们的工作"。如果李普曼活在当代，他应该也会开出自己的自媒体，我想。在"吴晓波频道"里，我要讲自己的话，我崇尚自由的精神，我希望有一个自在的氛围。这就是我理解的自媒体，它是——自己的媒体，自由的媒体，自在的媒体。

此刻，当你读到这篇文章的时候，我们已经是一伙的了。尽管还不知道你们是谁，来自哪个城市或村镇，是男是女、年纪多大、学历多高，不过，我们很快就会熟络起来。我喜欢的散文家汪曾祺曾经说过一句很妙的话："一件器物，什么时候毁坏，在它造出来的那一天，就已经注定了。"一个自媒体也是一样，它有怎样的未来，从它出生的那一天起，就已经注定了。

很高兴见到你。

新的世界露出了它锋利的牙齿，要么被它吞噬，要么骑到它的背上。

孙午飞 摄

我的总编同学们

你看，我们对这个世界还是这么好奇，我们还有舍弃一切的勇气。即便手中的黄金变成了沙砾，但若放手出来，空掌仍能握铁。

我的大学同学里，邱兵长得最俊俏，却也最邋遢。有一年军训，天天在泥里滚、水中爬，他硬是不肯洗衣服，到后来，军装脱下来可以直接站立在那里。毕业后他分配去了《文汇报》，以写社会题材的大特写出名，周末了就去复旦母校打麻将。据说麻友都是数学系在读博士，往往到了凌晨，睡眼惺忪把手一摊：借我50块打的。

就这么混了13年。2003年，我的另外一个同学胡劲军出掌文新集团，突然将他抽调创办《东方早报》。胡劲军是我们这伙人的老大，他中学时是上海市中学生记者团的团长，进大学后，主编校学生会机关报《复旦人》，我给他当副主编，这是一份双周出版的16开油印小报，发行覆盖了全校所有的学生邮箱。胡劲军

写杂文出身，是起标题的绝顶高手，我迄今还记得一个："制订
制度唯恐不全，执行制度就怕不终"，对仗工整，意蕴坚定。还
有一次，实在找不出头条新闻，我们那时正学到民国时期的报纸
为抗议国民党抽稿件而开天窗。胡劲军一抖机灵，在头条处加了
个大框，印"本期无头条"五字，报纸上街，成了校园大新闻。
胡劲军办报名气响，大四时当上了复旦学生会主席、全国学联副
主席，毕业后进《解放日报》评论部，他进去的时候，刚好赶上
评论部以皇甫平名义发邓小平南行评论，红极一时。

　　胡劲军出掌文新，兼任《新民晚报》总编辑，那时，晚报
已显颓势，他决意另开一局，便有了《东方早报》。办这张新
报以及"举贤不避亲"地任用邱兵，胡劲军承受了很大压力，
有一次，他对邱兵说："我把你钉到了墙上，掉不掉下来可是
你的事了。"

　　《东方早报》所有的兵将都是市场上招募来的，平均年龄26
岁，嗷嗷叫的一伙人。我记得创刊时，邱兵、沈灏等人把设计中
的样报与《纽约时报》并排放在20米开外，大家品头论足说哪张
长得更精神，在旁边则是一幅白底红字大海报，上写"日出东方
利中国"，《东方早报》报名即出于此。

　　邱兵办报时，我的另外一位同学秦朔也到了上海，创办《第
一财经日报》。秦朔是我们班的学霸，年年成绩第一，读书读
到了黑格尔的《小逻辑》。毕业时，我跟他都保送研究生，但全
放弃了，我回了杭州，他去了广州的《南风窗》。《南风窗》原
本是一本青年民工刊物，主事者是我们的一位大师兄，他不幸
早逝，秦朔20多岁就接手当了总编辑，用10年时间硬是把《南风
窗》办成全国发行第一的时政月刊。秦朔是一头"河南牛"，任

打任骂不改性，当年动辄被叫到北京训话，但训着训着，训话的人都成了朋友，有人还化名给他写稿子。2004年夏天，他在上海筹备《第一财经日报》时，我正在美国当访问学者，百无聊赖中突然升起念头，打算写一本关于改革开放30年的书，半夜很激动地给他打越洋电话，我当时有点犹豫，因为要花4年死功夫。秦朔说："全国能写这本书的不过五六个人，我们都在忙，就你写吧。"所以，我写《激荡三十年》的第一个决心，是这头"河南牛"替我下的。

在10年前的那个上海，我还有一位同学在办报，是我们的班长钮也仿。钮同学的爱好是画漫画，笔名方人，《复旦人》每期都有一幅，胡劲军给他开5块钱稿费。毕业后，他分配到了《支部生活》，闲得要命就去学赛车，居然捧回过"1999年度中国车手领航员积分总冠军"的奖杯。2001年，方人被调到一家快挂掉的计算机周报当总编辑，不知他怎么倒腾的，与地铁公司签了个长约，把报纸转型为全国的第一家地铁报，顿时咸鱼翻身。

我的这几位同学在上海同时办报的那些年，正是中国报业最为辉煌的时刻，他们都正当盛年，风云际会，成了各自码头的舵主。最早赚钱的是方人，他只有二十几杆枪，很多稿子都是从邱兵和秦朔那里扒来的，成本超低但渠道强大，广告主趋之若鹜。《东方早报》和《第一财经日报》就要苦得多，前两年均巨亏，2005年圣诞，胡劲军做东请吃海鲜刺身火锅，邱兵、秦朔都来，劲军说："今天全中国最会烧钱的两大总编辑都到了，咱们一定要吃得好一点。"

秦朔长得有点着急，敦实沉稳。邱兵却生着一张少年娃娃脸。有一次，一家省级党报集团几十号人浩浩荡荡来"取经"，

他穿着漏洞的牛仔裤、斜挎着一只包蹦蹦跳跳地就出来了，人家
笑着说："您办的是《东方少年报》吧？"但这两位办报，都很
坚决和麻辣，而且不讲什么情面。这些年记不得有多少次了，有
N多企业求情求到我这里，希望邱兵或秦朔手下留情，我给他们
深夜打电话，往往是关机状态。我掐了手机就暗笑，当年老师就
是这样教我们的，新闻乃天下公器，为主编者，万不可以私利私
情徇之。

我们这个班，60多号人，全数为各省高考翘楚，其中两个
全国文科状元，毕业那年，不少同学被分到了厂矿小报甚至街
道广播站，但后来的几年大多归队，迄今还有一半左右在吃新
闻饭。与前辈相比，我们赶上了市场化的大潮，若有才干，大
多能血拼而出；与后辈相比，则沉迷于古老的职业和陷足于理
想主义的羁绊。

记得大学熄灯夜聊时，一帮人荷尔蒙无处宣泄，叫嚣着钱玄
同的那句"人过三十就该杀头"，以为日后一出江湖，即当"杀
人如麻，挥金如土"，然后呼啸淡退，"自古名将如美人，不许
人间见白头"。斗转星移，这些夜榻狂言都已被风吹散。更糟糕
的是，就当我们把前辈一一干掉之后，却突然霜降牧场，地裂河
竭，所在行业处百年来未见之险境，我的那些总编同学们忽然发
现自己成了"旧世界里的人"。

写了这么多年的字，我们这些人从来没有打算写自己，这也
是当年老师教的，"此生就当一个合格的记录者和旁观者吧，认
真记载这个时代和别人的人生"。今天写下这篇小文，确实因了
最近的种种发生：从5月份开始，我开出自媒体，重新回到每周
创作两篇专栏和一个视频的忙乱节奏；那个已经有了小肚腩的邱

兵同学"杀昨求新"创办澎湃，还写了一篇迷倒众生的"澎湃如昨"；秦朔同学刚才给我打了个电话，《第一财经日报》的报纸和电视业务下滑，他的一位副总编几天前跳槽去了万达。

"这个世界还在吗？"这位"河南牛"问我。

我想应该还在。

你看，我们对这个世界还是这么好奇，我们还有舍弃一切的勇气。即便手中的黄金变成了沙砾，但若放手出来，空掌仍能握铁。还是邱兵同学说得好："我只知道，我心澎湃如昨。"

圈中的人物从左至右依次为：
胡劲军、邱兵、钮也仿、吴晓波、秦朔
吴晓波 提供

我们对这个世界还是这么好奇，我们还有舍弃一切的勇气。即便手中的黄金变成了沙砾，但若放手出来，空掌仍能握铁。

花开在眼前

花开在眼前/已经开了很多很多遍/每次我总是泪流满面/像一个不解风情的少年；

花开在眼前/我们一起走过了从前/每次我总是写下诗篇/让大风唱出莫名的思念。

一

2008年7月底，章茜给我打电话："你的《激荡三十年》的电视版权没有卖掉吧？"当听到肯定的回答后，手机那端的她大大吁出一口气："千万留着，我要了！"

章茜是第一财经负责运营的副总，我曾有一段时间受邀担任《中国经营者》的主持人，站在漆黑的摄像机镜头前期期艾艾地讲不全一段话，"金话筒"出身、曾是上海滩最年轻的中国新闻奖一等奖获得者的章同学在她那个憋屈的格子间里，无比细心地教我怎样换气、咬音、对着镜头像看到亲人一样地微笑。

给我打电话的那一天，她刚刚接到集团的任务，必须在年底前做出一部纪念改革开放30年的系列纪录片，时间只有4个多月，经费预算300万元，这几乎是一个不可能的任务。她第一个念头就想到了我的那本书，这就好比一个被追命的厨师，先冲进菜市场，霸住一堆海鲜再说。

几天后，七八个人被临时召集起来，坐在南京西路广电大厦的9楼会议室里开筹备会，他们中没有一个人有参与制作大型纪录片的经验。与我坐在一起的，还有从北京匆匆赶来的前中央电视台《对话》节目制片人罗振宇。那时的罗振宇还没有成为今天的"罗胖"，他刚离开央视不久，还像一个江湖汉子一般提着一柄屠龙刀四处寻找成名的猎物。

二

4个编导被分成4个小组，各自分头从我的书里扒拉资料、梳理线索，同时，试着联络需要采访的当事人。紧张工作了一个星期后，大家再次坐到一起，反馈出来的问题把所有人都卡死在那里了：根据我的两厚本《激荡三十年》，编导们罗列出100多个采访对象，可是，这些人要么是政治家，要么是企业家或经济学家，无一不显赫鲜亮，要在3个月的时间里全部预约、采访——哪怕是完成一半的任务，几乎也没有可能。

连着开了两天的闭门会后，气氛变得越来越沉闷，所有的人都绝望地沉默。

就在这时，罗振宇的大脑袋突然被神明的闪电劈中，他提出了一个建议：我们索性一个当事人也不采访，就只访谈周边观察者，譬如关于邓小平南方谈话，讲得清楚的亲历者，起码超过10

个，譬如柳传志，采访过他的资深记者至少两打。在这个原则之下，即便能够访到本人，我们也坚决绕开。

这个想法实在太怪异了，初听好像不可思议，但细细咀嚼，却会发现这真是一个天才的"方法论上的革命"，它把拦在眼前的约访难题都变成了马其诺防线，一旦绕开，豁然一马平川。

"罗振宇方法"拯救了编导组。制片人曾捷当即在北京和上海租下两处简易的摄影棚，密集约访相关讲述者，在短短的两个多月里，居然一举完成所有访谈内容。同时，章茜还请来上海新闻影像馆的张景岳老师助拳，他是全上海最好的"影像大脑"，几乎没有他找不到的历史图像资料。

三

让我印象最深的是约请步鑫生事件的访谈人。

步鑫生是20世纪80年代知名度最高的企业家，是当时企业大胆改革的典型。《人民日报》自创刊以来，报道量第一的先进人物是雷锋，第二就是步鑫生。可是，到80年代后期，步鑫生领导下的海盐衬衫总厂因扩张过速而发生经营危机，他渐渐退出了人们的视野。步本人出走海盐，不知所踪。

步鑫生现象的最早报道人周荣新是《浙江日报》的老记者，也是我一位相识十多年的师友，我请他到摄影棚讲述往事。那天，周老师坐车来了，在棚内，他告诉我，是步鑫生送他来的，现在步就坐在车里，但他不愿意跟大家见面。其实，在过去的很多年里，疾病缠身的步鑫生一直隐居在上海。

"他的心里有很深的结，因为当年的扩张是政府催促搞的，出问题了，却全部怪罪在他的身上，不给他留一点的后路和尊严，他觉得时代对自己不公，他不能原谅。"周荣新幽幽地对我说。

录像结束后，我送周荣新到大楼电梯口，然后从高处目睹他出楼，走近一辆半旧的黑色轿车，有一个穿灰色衣服的老者下车接上他。车子缓缓驶远，融入滚滚红尘。

我突然意识到，在这场摧枯拉朽的大变革浪潮中，所有的当代中国人都被裹挟前行，然而，并不是每一个人都是受益者，并不是每一份付出都获得了应有的尊重和回报，每个人的心中都有自己的"激荡三十年"，它百色杂陈，一言难尽。

四

片子进入编剪阶段后，章茜突然异想天开，提出要创作一首主题曲，谱曲请了台湾音乐人、当年与袁惟仁组成过"凡人二重唱"的莫凡，写词的活儿自然落到我和罗振宇的头上。

为财经纪录片写歌词，这是完全没有试过的事情，我们分头写出了一稿，我写得"大江东去"，罗胖子写得婉约缠绵，章茜表示完全不能接受。后来我又磨磨蹭蹭地改出第二稿、第三稿，还是被无情打回。

时间很快入秋，某日，我到北京出差，去长安街上的双子座大楼找一个朋友，他迟到了，我拐进底层的星巴克闲坐。此时，已是黄昏时分，北方的秋日骄阳猛烈地打在大街对面的一座钟楼上，看人来人往，夕阳西下，我突然有点感动，向服务员讨了一支铅笔和一张纸片，写下了一串长长短短的歌词——

花开在眼前/已经开了很多很多遍/每次我总是泪流满面/像一个不解风情的少年；

花开在眼前/我们一起走过了从前/每次我总是写下诗篇/让大风唱出莫名的思念；

不知道爱你在哪一天/不知道爱你从哪一年/不知道爱你是谁的诺言/不知道爱你有没有变/只知道花开在眼前/只知道年年岁岁岁岁年年/我痴恋着你被岁月追逐的容颜。

花开在眼前/已经等了很多很多年/生命中如果还有永远/就是你绽放的那一瞬间；

花开在眼前/我们一起牵手向明天/每次我总是临风轻哼/更好的季节在下个春天；

……

第二天一早，把歌词传给章茜，她正在新疆旅行，几分钟后，收到回复："听上去像一首老男人的未遂情歌呀。"

五

2008年的12月下旬，31集财经纪录片《激荡：1978—2008》在东方卫视准时播出，后来抱回了该年度国内几乎所有的新闻纪录片大奖。

由韩磊演唱的《花开在眼前》，则意外地成了一首流行一时的歌曲，登上东方风云音乐榜的第二名。在很多公司年会上，这个曲子被当成主题曲，有些青年朋友还用它作为婚礼的背景乐。

它也成为我繁忙的财经写作生涯中，唯一的"虚构类作品"。

今天，到我写这篇文字的时候，章茜已经离开第一财经，曾捷去了唯众，其他主力编导要么出国，要么创业。罗振宇创办了名噪一时的"罗辑思维"，周荣新老师已经驾鹤西去，年迈体衰的步鑫生则在2014年终于回到海盐，与他的家乡父老达成和解。

风流总归会星散，美好却始终难忘。

人生那么短，好玩的事情那么少，偶尔遇到了一两件，就赶紧跟相知的朋友一起去做吧。

从左至右依次为：
曾捷、章茜、吴晓波、罗振宇
章茜 提供

人生那么短，好玩的事情那么少，偶尔遇到了一两件，就赶紧跟相知的朋友一起去做吧。

把生命

浪费在

美好的事物上

只有廖厂长例外

在这个日益物质化的经济社会里，我有时会对周围的一切，乃至对自己非常失望。但在我小小的心灵角落，我总愿意留出一点记忆的空间给廖厂长这样的"例外"。

据说男人到中年之后，会越来越怀旧，身上的所有器官都会变得越来越软，从手臂上的肌肉到内心。2014年是我从事财经写作24周年，到了这样的年纪和时刻，无法不怀旧。这20多年里，我行遍天下，几乎见过所有出了点名的企业家，他们有的让我敬佩，有的让我鄙视，更多的则如风过水面，迅而无痕。那天，有人问我，如此众多的企业家、有钱人，最让你印象深刻的是哪一位呢？

我想了很久，然后说，是廖厂长。

真的抱歉，我连他的全名都记不得了，只记得他姓廖，是湖南娄底的一位厂长。

那是1989年的春天，我还在上海的一所大学里就读。到了三年级下半学期的毕业实习时，我们4个新闻系的同学萌动了去中国南部看看的念头，于是组成了一支"上海大学生南疆考察队"，联络地方，收集资料，最要紧的自然是考察经费的落实。但到了临行前的一个月，经费还差大一块，我们一筹莫展。

一日，我们意外收到一份来自湖南娄底的快件。一位当地企业的厂长来信说，他偶尔在上海的《青年报》上看到我们这班大学生要考察的计划及窘境，他愿意出资7000元赞助我们成行。

在1989年，7000元是个什么概念呢？一位大学毕业生的基本工资是70多元，学校食堂的一块猪肉大排还不到5毛，"万元户"在那时是一个让人羡慕的有钱人的代名词。这封来信，让我们狂喜之外却也觉得难以置信。不久，我们竟真的收到了一张汇款单，真的是从湖南娄底寄来的，真的是不可思议的7000元。

南行路上，我们特意去了娄底，拜访这位姓廖的好心厂长。

在一间四处堆满物料的工厂里，我们同这位年近四十的廖厂长初次见面，他是一位瘦高而寡言的人。我只记得，见面是在一间简陋、局促而灰暗的办公室里，只有一个用灰格子布罩着的转角沙发散发出一点时代气。一切都同我们原先意料中的大相径庭。这廖厂长经营的是一家只有二十来个工人的私营小厂，生产一种工业照明灯的配件，这家厂每年的利润大概也就是几万来元，但他居然肯拿出7000元赞助几位素昧平生的上海大学生。

我们原以为他会提出什么要求，但他确乎说不出什么，他只是说，如果我们的南疆考察报告写出来，希望能寄一份给他。他还透露说，现在正在积极筹钱，想到年底时请人翻译和出版一套当时国内还没有的《马克斯·韦伯全集》。

这是我第一次听到马克斯·韦伯这个名字，我不知道他是一位德国人，写过《新教伦理与资本主义精神》，尽管在日后，我将常常引用他的文字。

在以后的生涯中，我遇到过数以千计的厂长、经理乃至"中国首富"，他们有的领导着上万人的大企业，有的日进斗金花钱如水，说到风光和成就，这位廖厂长似乎都要差很大的一截，但不知为什么我却常常更怀念这位只有一面之缘的小厂厂长。

那次考察历时半年，我们一口气走了长江以南的11个省份，目睹了书本上没有过的真实中国，后来，因种种变故——那一年春夏之际发生的政治风波大大地影响了我们的计划，行程到达云南的时候，天下已是一片鼎沸。最终，我们只写出几篇不能令人满意的"新闻稿"，也没能寄给廖厂长一份像样点的"考察报告"。后来，我们很快就毕业了，如兴奋的飞鸟各奔天涯，开始忙碌于自己的生活，廖厂长成了生命中越来越淡的一道背影。

但在我们的一生中，这次考察确实沉淀下了一点什么。

首先，是让我们这些天真的大学生直面了中国改革之艰难。在此之前，我不过是一位自以为是的城市青年，整日里就在图书馆里一排一排地读书，认为这样就可以了解中国，而在半年的南方行走之后，我才真正看到了书本以外的中国。如果没有用自己的脚去丈量过，用自己的心去接近过，你无法知道这个国家的辽阔、伟大与苦难。

再者，就是我们从这位廖厂长身上感受到了理想主义的余温。

他只是万千市井中的一个路人，或许在日常生活中他还斤斤计较，在生意场上还锱铢必究。但就在1989年春天的某一个夜间，他偶尔读到一则新闻，一群大学生因经费的短缺而无法完成一次考察。于是他慷慨解囊，用数得出的金钱成全了几位年轻人去实现他们的梦想。

于是，就在这一瞬间，理想主义的光芒使这位平常人通体透明。

他不企图做什么人的导师，甚至没有打算通过这些举动留下一丁点的声音，他只是在一个自以为适当的时刻，用双手呵护了时代的星点烛光，无论大小，无论结果。

大概是在1995年前后，我在家里写作，突然接到一个电话，接通之后，那边传来一个很急促、方言口音很重的声音："你是吴晓波吗？""是的。""我是湖南的。""你是哪位？""我在深圳，我是廖……"我听不太清楚他的声音。对方大概感觉到了我的冷漠，便支支吾吾地把电话搁了。放下电话后，我猛然意识到，这是廖厂长的电话。他应该去了深圳，不知是生意扩大了，还是重新创业。那时的电话机还没有来电显示，从这次以后，我再也没有收到过他的消息。

这些年，随着年纪的长大及阅历的增加，我渐渐明白了一些道理。人类文明的承接，如同火炬的代代传递，但并不是所有的人都有能力，或有机会握到那根火炬棒。于是，有人因此放弃了，有人退却了，有人甚至因妒忌而阻拦别人的行程，但也有那么一些人，他们主动地闪开身去，他们蹲下身子，甘做后来者前行的基石。

在这个日益物质化的经济社会里，我有时会对周围的一切，乃至对自己非常失望。但在我小小的心灵角落，我总愿意留出一点记忆的空间给廖厂长这样的"例外"。我甚至愿意相信，在那条无情流淌的岁月大河里，一切的财富、繁华和虚名，都将随风而去，不留痕迹。

只有廖厂长例外。

廖群洪 提供

他不企图做什么人的导师，甚至没有打算通过这些举动留下一丁点的声音，他只是在一个自以为适当的时刻，用双手呵护了时代的星点烛光，无论大小，无论结果。

把生命
浪费在
美好的事物上

找到廖厂长

这一生中，你遇见怎样的人，然后有机会成为那样的人。

一

《只有廖厂长例外》一文在"吴晓波频道"发表后，深圳和湖南两地分别掀起找人热潮。

《三湘都市报》的年轻记者汤霞玲受命寻找廖厂长。她找到娄底一位企业家朋友，提供了四条线索："一、姓廖，1989年时年近40岁；二、在娄底办过照明配件厂；三、后来去深圳做生意；四、资助过几位上海大学生。"

这四条信息中，居然有三条是我的记忆失误：1989年见面的时候，廖厂长其实只有27岁；我在他的小工厂看到的一地零配件不是照明配件，他也没有去深圳做过生意；1995年前后，我接到的那通深圳来电不是廖厂长打来的，而是当年见过的一位他的朋友。

凑巧的是，汤霞玲托到的那位企业家朋友卢新世是涟源商会的副秘书长（当时的涟源县隶属娄底地区），他便在微信群里发布了找人信息。

涟源商会副会长廖群洪回忆说，那天晚上正在吃饭，突然手机被刷屏。

卢新世问他，那个姓廖的人是你吗？

廖一边喝酒，一边用中指回复：年纪不对，也没有去过深圳，但的确资助过几位大学生。

幸运的是，廖群洪还记得那四个大学生，有一位姓吴，一位姓王，一位姓赵。汤霞玲居中来回核实，总算落实了事实。

9月22日晚，汤霞玲造访廖家，廖妻从箱底找出25年前的一张旧照片。

历时40多个小时，廖厂长被找到。

二

旧照片中，廖厂长留着一头披肩长发，直到三年前才剪去。

他的涟源朋友对我说，"我们就一直当他是个文化人。"这位朋友还无意中说了一个细节：廖厂长当时每月领的工资是200元，当听说他拿出7000元资助几个从未谋面的上海大学生，两位副厂长跟他大吵一场，一起辞职离开了他。廖一直不愿意说这个事情，因为"大家现在还是好朋友"。

我们的南疆考察是1989年3月8日从上海出发的，在娄底见到廖厂长是4月底，回到学校是8月初。廖厂长的生意在这一年的秋季陷入泥潭。他的工厂主业是制造组装水泥包装袋的设备。年初，水泥厂预订了200台，可是到了年底，因为宏观经济彻底崩溃，只卖出了5台，工厂因此欠下30万元的债务。廖厂长只好把厂房低价卖掉，刚够还掉债务和发工人遣散费，他变得一贫如洗。

廖厂长向丈人借了2000元，决定回涟源老家碰运气，就在汽车站，一位朋友拉住他的袖子向他借钱，他又掏出了200元。揣着剩下的1800元，他在涟源县城开了一家液化气站，这是极微利的生意，"那时只够抽2角钱一包的香零山"。

惨淡经营了一年多，廖厂长东行到了镇江丹阳，做鱼药生意，本来好好的，但一笔货款收不回来，又是一场颗粒无收。他转而南下去了广州，投靠广交集团，做铜进出口贸易。1992年经济开始复苏，他低进高出居然赚了300万元。在朋友们的怂恿下，廖厂长转去广西防城炒地皮，那时，防城、北海及海南海口是中国地产最热的几个地方，他从上海人手里接过一块地，还没有捂热，转年就碰到朱镕基铁腕整治房地产，泡沫一夜破灭，廖厂长第三次一贫如洗。

1993年年底，廖厂长回到长沙，见到大学同学、涟源老乡梁稳根——也就是后来当过中国首富的三一重工董事长，他们的关系挺不错，梁稳根结婚时的西装还是廖厂长出钱送的，廖对梁说，我想再创业，但没钱了，梁问，要多少，廖说，大概7万元，梁说，现在就去会计那里支吧。就这样，廖拿着这笔钱，开出了一家计算机网络公司，前后4年，业绩惨淡。

再后来，专业市场风潮吹到中部省份，廖厂长去雨花机电市场摆摊卖电机，涟源人被称为"湖南的温州人"，控制了长沙的很多专业市场，在老乡们的帮助下，也在命运的涤荡中，廖厂长一天一天变得"成熟"了起来，"翻译马克斯·韦伯的那些子念头早就不见喽"。2007年，城市急速扩容，廖厂长受聘到长沙郊区的一个城中村当市场经营公司的业务总经理，一干就是5年，他把红星美凯龙引进到了那里，成为当地最大的家私中心。2012年，他盘下了一座小锰矿，原本想赚一笔能源景气的钱，谁料近几年金属价格下滑，营收不温不火，他的日子便渐渐地赋闲了起来。

三

再次见到廖厂长是《只有廖厂长例外》发表的一个月后。

我飞到长沙，途中，特意去花店买了一捧鲜花，这是今生第一次给男人送花。

没有想象中的激动。我们只是简单拥抱了下，彼此看见了当年的自己。

在一间湘菜小店，我静静地听廖厂长潦潦草草地诉说过往25年的商海沉浮，每一次起伏转折都在我的脑海里投影出宏观经济的波动曲线。他的运气貌似不太好，总是在景气的尾巴处被"恰好"扫倒；他的心也太软，要么被骗被赖账，要么没有将钱赚透。一路走来，起承转合，别别扭扭。

我为廖厂长带去了近年写的9本书，垒起来就是时间的高度，25年前答应过的"考察报告"并没有写出来，我现在用这个向他交代。

他问我，听说你要捐稿费，搞一个青年创业公益金。

我说，是的。

他说，你来前，我跟涟源商会的朋友们商量了一下，打算也拿出100万元，在湖南设立一支廖厂长青年创业公益金，好不好？

我说，好，一起做点事吧。

25年前的廖厂长，其实一直在那里。

四

2014年10月25日，洪江古商城。在湖南日报社的盛情主持下，我与廖厂长同台见面，当年的南疆考察队队员、我的同学王月华从南方赶来。

我们的故事很平凡，如湘江里的一块卵石，被岁月冲刷，时光拥抱，有点暖暖的。

"一个人用自己的心灵去处理事情，他根据的不是事情本身，而是根据心灵本身。"蒙田说。

在我年轻的时候，遇见廖厂长，真是一件幸运的事。

这一生中，你遇见怎样的人，然后有机会成为那样的人。

这一生中，你遇见怎样的人，然后有机会成为那样的人。

孙午飞 摄

把生命
浪费在
美好的事物上

江南踏春遇布雷

　　从他的身上，我们可以看出中国文人——或者说是知识分子的某些人格特
性，他们从来缺乏独立在历史中书写自我的勇气，他们往往需要傍依在一个利益
集团上，以一种从属的身份来实现改造社会的理想。

　　江南5月，是踏春的好时节。前日，行走到杭州九溪十八涧，
此地非旅游热点，是极僻静悠远的地方，清代学者俞樾——也就
是红学家俞平伯的曾祖父，曾赋诗赞曰："重重叠叠山，曲曲弯
弯路，丁丁东东泉，高高下下树。"在这里，遇到一座小墓，在
青山之一角，百般寂寥，碑上写着"陈布雷先生墓"几字。

　　突然想为这位先生写几个字。

　　陈布雷是民国最著名的师爷，也可能是最后一位传统意义上
的师爷。

　　他出生浙江慈溪耕读世家，那里地属宁绍，自古便是人文渊
薮。明清期间，绍兴师爷行遍天下，便有"无绍不成衙，无宁不
成市"的谚语。陈布雷6岁入私塾，熟诵《毛诗》、《礼记》、

《春秋》、《左传》，是科举废除前的"末代秀才"，青年时为史量才的《申报》撰稿，后任《商报》编辑部主任，因文笔犀利，视野开阔，颇为一时之重，有人甚至将之与《大公报》的一代主笔张季鸾并论，许之为"北张南陈"。1927年，37岁的他被浙江湖州人陈果夫推荐给北伐总司令蒋介石，从此开始了长达21年的鞍马追随，被后者视为"文胆"。1948年11月，陈在风雨飘摇中服毒自尽于南京，蒋送匾"当代完人"。

陈布雷性格温顺，内刚外柔，心绪缜密，下笔如铁。他追随蒋介石20余载，日日比蒋睡得晚，每日清晨，当蒋睁开眼睛，他就已经安静地站在了帐外。陈对蒋的尽忠，已到了没有原则的地步，张道藩回忆说："（陈）对于党国大计，虽所见不同，常陈述异见，但最后必毫无保留服从总裁之意旨，用尽心思，费尽周折，以求完成总裁之意愿。"这很像三国诸葛亮，虽明知道阿斗之不可扶，天下之不可得，却呕心佑之，六出祁山。

作为一个师爷，陈替主子的细密筹划已经到了生死度外的程度，他在自杀前写了10封遗书，分致亲人、上峰和朋类，其中在写给秘书金省吾的信中，连如何为自杀粉饰，不要给蒋公达成困扰的说辞都已经预留好了——"我意不如直说'某某（指他自己）八月以后，患极度神经衰弱症，白日亦常服安眠药，卒因服药过量，不救而逝'，我生无补世艰，断不可因此举使反动派捏造谣言。"为了防止"反动派"捏造谣言，自己不惜在生命的最后一刻捏造谣言，这也许是师爷职业道德的最高境界。

在私德上，陈一生洁身自好，算得上是真正的道德君子，他日日追随"领袖"，却从未动过以权谋私的念头，平日从不应酬社交，也不入娱乐场所一步，日常饮食仅为蔬菜豆腐，据说有一个厨师擅自买了两斤甲鱼，被他认为"太浪费"而辞退了。他见人必称"先生"、"兄"，彬彬有礼，谦恭有加。如此书生本色且才高八斗，陈布雷因而为同僚及敌人敬重，当世文豪政客，无不以与之结识为荣。既殒后，国民党元老于右任以挽联"文章天下泪，风雨故人心"悼之。

陈布雷如此忠心蒋介石，如果是甘之如饴倒也罢了。而事实却是，他的内心却还脱不了一层无奈的挣扎。尤其在晚年，内战惨烈，国民党一败涂地，参与所有机要谋划的陈布雷心力交瘁，最后只好以一死解脱，而他在此前数月的书信中却轻描淡写地为自己的角色定位："我只不过是一个记录生罢了，最多也不过书记生罢了。"

陈布雷的师爷人生，常常让人思量起中国文人的宿命与惰性。

从他的身上，我们可以看出中国文人——或者说是知识分子的某些人格特性，他们从来缺乏独立在历史中书写自我的勇气，他们往往需要傍依在一个利益集团上，以一种从属的身份来实现改造社会的理想。而在内心，他们又往往不甘这样的角色。对于主子，他们无法摆脱人格上的依附，而在价值观上则又与之有文化上的重大出入。对于自己，他们得意于实务上的操作和成就感，却又对这种极端的入世状态抱有缺憾。

千秋功名与田园理想胶着在一起，如一杯颜色虚幻、百味交集的烈酒，实在说不清他们到底要的是什么。在这个意义上，师爷是一种命运，而不仅仅是一个职业。

"无事袖手谈性情，有难一死报君王。"陈布雷的际遇总是让我想起这句古诗。你读一部二十四史，创业帝王大多被描写得出身低微不堪——多是亭长、屠夫、兵卒、走贩之辈，个性刚毅狡黠，为人薄恩残忍，而身边往往有一些忠勇俱全、智谋无双的谋士，你常常会生发错觉：为什么后者总是甘心于俯首为臣，匍匐阶下？庙堂之上的那个暴烈者到底凭什么斜眼俯瞰天下书生？这样的情节看得多了，某一天你会猛地恍然，原来写史的人便也是一群书生！他们或许也跟我们一样，在万籁俱寂之际内心不甘却又无法摆脱自身的懦弱，只好在史书中曲笔撒气一二。

我只见到过陈布雷的胞弟陈训慈。那是1990年，在陈训慈的杭州寓所中，他坐在一个硕大的旧藤椅中跟我断断续续地讲述，抗战期间他拼死护送《四库全书》进川避难的往事。在他的身后挂着一幅泛黄的老照片，四男一女五个青年，中间那个瘦脸长鼻的兄长就是陈布雷。在访问的间歇，陈训慈淡淡地说他那个著名的大哥："如果他活到今年的话，应该是刚足100岁。"

今天我写这篇文章的时候，陈训慈也早过世多年。江南莺飞草长，我在墓前驻足，前贤、故人都如浮云飘过。

杭州九溪 陈布雷墓
孙午飞 摄

千秋功名与田园理想胶着在一起，如一杯颜色虚幻、百味交集的烈酒，实在说不清他们到底要的是什么。

生命如草润细物

张謇的"父教育，母实业"，以及卢作孚的"微生物"精神，构成了一代中国企业家在政治让人失望的年代的价值兑现方式。

毕竟是87岁的老人了，走在大生纱厂的水泥路上，张绪武的腿脚已经有点颤抖。钟楼犹在，围墙已拆，当年帝国最大纱厂的风姿久已褪色，在一株枝叶繁茂的紫藤前，他停下来，凝神看了一眼，转身对我说："这是祖父当年办厂时亲手植下的。"

此时，一阵秋风从120年前轻拂而来，虬枝深褐无声，如乱云飞渡的岁月，似无章法，确有天意。

在紫藤架的马路对面，是一堵企业宣传墙，大生至今还保留着出黑板报的传统，版头题字者是朱德元帅。再往远去，是一排红砖铁架的百年仓库，如今已是国宝级文物，张绪武抬臂指给我看："仓库的后面是大生小学，工人子弟的摇篮。"

恍惚间，一位总角少年身着棉袍，在阳光风尘中飞奔而远。

　　他出生两年前，著名的祖父去世，7岁时，意外丧父，读完初小，即随母东行去了上海滩，中学时暗中加入中国共产党，南通"三·一八"惨案时失去联系。1950年南通学院纺织科毕业，主动要求远赴东北北大荒佳木斯"锻炼"，在那里一住就是30年，一口吴侬软语渐被东北口音替代，其间祖父大墓被家乡的红卫兵掘毁。1980年，回南通出任副市长，旋即以无党派身份任江苏省副省长。1990年，得荣毅仁举荐进中信集团任副总经理，继而兼任全国工商联常务副主席。后来，因个性耿直"挡"了一些人的财路，仕途再无寸进，心净为安，前些年，从全国人大常委、财经委员会副主任的位上退下。

　　入秋时节，南通人袁岳微信我："今年是张謇考中状元120周年，张绪武在南通度冬，想请你作一场专题讲座，不知有没有可能？"我欣然同意。11月14日，在南通博物苑——这是现代中国第一个博物馆——我作了演讲，题为"张謇的当代意义"。

　　我国知识精英第一次全身投掷于商业，开端为状元张謇。其始颇有不甘之心，张謇日记曰："吾农家而寒士也，自少不喜见富贵人，然兴实业则必与富人为缘，反复推究，乃决定捐弃所持，舍身喂虎。"费正清因此评论说："张謇等士绅文人，在甲午战败后之所以突然开始投资办现代企业，主要是出于政治和思想动机。其行动是由于在思想上改变了信仰，或者受其他思想感染所致。中国的资本主义，长期以来具有某种出于自愿的理想主义的特点。"

　　激进与保守，革命与改良，实乃百年中国知识精英的两条路线选择，其间鸿壑百丈，鲜血翻滚。张謇以南方文人领袖之身下海经商，5年而成全国最大纺织工厂，后来又协助朝廷，拟定第一部《公司律》和《商律》，在改朝换代时，务求和平让渡，亲笔草拟清帝《退位诏书》，其人其事，在近现代国史的很多章节中无法绕过。

从1894年中状元，到1926年在破产风波中凄然弃世，张謇这30余年可谓生活在政治极其让人失望的年代，他曾说："我知道，我们政府绝无希望，只有我自己在可能范围内，得尺得寸，尽可能的心而已。"因此，在很多年里，张謇把心力投入于南通的建设，在这里，他秉承"父教育，母实业"的宗旨，以无穷的热情和庞大的财力几乎重构了南通的每一个公共机能，除了第一个博物馆，他还创办了第一个师范学校、第一个现代戏院、第一个盲聋学校。张绪武之子张慎欣告诉我，曾祖父一生创办了几十个企业、300多所学校和各种公益组织，"他的精力太吓人了，单是一个博物苑，他就留下了数百通手札"。

张謇确实激励了无数人士。四川青年卢作孚崇尚革命，时刻准备做一颗唤醒民众的"炸弹"，后来赴南通拜见张謇，心境大改，愿意以更为建设性的方式来实现改善社会的理想。他说："炸弹力量小，不足以完全毁灭对方，你应当是微生物，微生物的力量才特别大，才使人无法抵抗。"对张謇式理念的追慕让卢作孚后来成为"中国船王"，同时他又在北碚开辟试验区，全面仿效南通模式。

张謇的"父教育，母实业"，以及卢作孚的"微生物"精神，构成了一代中国企业家在政治让人失望的年代的价值兑现方式，此脉一度断绝，今日仿佛又为很多人所推崇，这也正是我所谓的"张謇的当代意义"。

在张家祖宅的墙上，我还见到张謇独子、张绪武之父张孝若

的照片，眉目秀美，额挺颊润，标准版的翩翩民国美男子。孝若
20岁留美，毕业于哥伦比亚大学商学院，归国后襄助父亲事业，
与袁克文、张学良等人并称"民国四公子"。1935年，37岁的张
孝若被张家前侍卫枪杀于上海寓所，凶手随即自杀，成为当时轰
动沪上的特大新闻。绪武回忆，当时祖母从租界巡捕房回来，对
家母一句"不必深究"而失声痛哭，就此成了一桩历史悬案。一
年后，华东最大的轮船公司、大达轮船股份公司被杜月笙吞并，
而凶手遗孀及子女一直受杜氏照拂，其中真相，宛有所指。我在
作演讲的时候，张绪武端坐第一排，目不转睛。张慎欣后来告诉
我，父亲近年耳力较差，虽听不清楚，但全心贯注，他一直致力
于推广张謇的理念，希望让更多的人知晓张謇的事迹。

在大生纱厂的老议事厅，张绪武嘱人捧出四个木匣子，里面
是其祖父当年办厂时请人绘制的四幅《厂儆图》，将办厂之艰辛
警喻后人。

"此图已经秘藏十年未展，张老叮嘱今日予吴先生一睹。"

午后的阳光从一人多高的木栅外淡淡透入，百年前的画卷已
有数处霉斑，但画笔清晰，题字铿锵，一行几人，各怀心情，默
默观睹。张家一门四代，命运与时代丝丝密扣，各有归属，正应
了唐人许敬宗的那句"本逐征鸿去，还随落叶来"。

张謇多有名言留世。他曾说："一个人办一县事，要有一
省的眼光；办一省事，要有一国之眼光；办一国事，要有世界
的眼光。"

又言："天之生人也，与草木无异。若遗留一二有用事业，
与草木同生，即不与草木同腐。故踊跃从公者，做一分便是一
分，做一寸便是一寸。"

"文革"时期，在去世整整40年之后，张謇墓被当地红卫兵粗暴砸开，张绪武的二姐就在现场，目睹一切。棺木打开，张謇陪葬之物竟无一金银，只有：一顶礼帽、一副眼镜、一把折扇，还有一对铅制的小盒子，分别装着一粒乳牙、一束胎发。

富贵不测似浮云，生命如草润细物。如是而已。

与张绪武（左五）等人细赏《厂儆图》

张慎欣 提供

张謇的「父教育，母实业」，构成了一代中国企业家在政治让人失望的年代的价值兑现方式。

即将失去的痛楚

在有些没有任何痛楚的时候，你会丧失一些最重要的东西，而你却连一点心理或生理的反应都没有。那个时候，无疑正是你一生中最凶险的时刻。

1952年的春天，刚刚挂上"人民艺术家"勋章的老舍兴致勃勃地写出了反映"三反五反运动"的剧本《两面虎》。在随后的一年多里，老舍开始了漫长而痛苦的修改过程。

这一年，老舍把这个本子整整改了12遍，可还是没有获得通过。为了帮助令人尊敬的老舍先生，党内的诸多笔杆子也纷纷贡献自己的才智和点子。

周扬、吴晗多次观看剧本的彩排，并把剧本的主题从最初的"打虎"，改成"为团结而斗争"，继而又改定成"为保卫劳动果实而斗争"。北京市委宣传部长廖沫沙对导演欧阳山尊说，要把党内文件多给老舍先生看看，使他掌握政策："你要给他看，不然，他很难写。"

　　"党内一支笔"胡乔木连续地给老舍写信提出自己的诚恳的修改意见，他说："你的优美的作品必须要修改，修改得使真实的主人翁由资本家变成劳动者，这是一个有原则性的修改。我以为这样，才是真正写到了1952年斗争中最本质的东西。"连周恩来总理也亲自观看了第九稿的彩演，并在当天下午把老舍请去说："我要跟你彻底地讲一下我党对民族资产阶级的政策……"①

　　被呵护和保卫在"政策"之中的剧作家老舍就这样把原稿"完全地打碎"，最终总算弄出了一个大家都较满意的剧本。如今，这个被改名为《春华秋实》的剧本被认定是老舍艺术生涯中最失败的一部，现在它已经没有被演出的机会了。

　　随后的几年中，老舍一直沉浸在《春华秋实》的疲惫中而无法自拔。1966年，政治运动的气氛越来越浓了，已经很久没有接到创作任务的老舍的心情日趋黯淡，有一天，他突然对家人说，"他们不晓得我有用，我是有用的，我会写单弦、快板，当天晚上就能排——你看我多有用啊……"这年的8月24日，老舍沉湖自杀。

　　老舍的故事，没有风雨，没有跌宕，甚至没有刺骨的痛楚，有的只是灵魂如黄豆被慢慢磨成豆浆般的无言的悲哀。

　　曾经看到过一张老照片："文革"期间，一位青年为了表达自己对伟大领袖的崇高爱戴，竟将数枚领袖徽章别在自己前胸的肌肉上。

　　从照片上看，他满脸的幸福，竟找不出一丝丝痛楚。

---

① 李伟：《荣耀与屈辱：老舍的最后十七年》，《三联生活周刊》2014年第45期。

我居住的城市还曾发生过一则这样的新闻：一位农妇在铁锅里翻炒新鲜上市的龙井茶叶，她的手掌在高温中长时间劳作，几小时后，肉熟骨现，而她竟没有一点点的痛楚感。

如果是被皮鞭抽打，如果是被烈火烧烤，如果是被押在被告席上公开地审判，你都会感到种种难忍的痛苦、悲伤和耻辱，你都会生出仇恨、反抗和报复的种子。

但是你不太会注意到的是，在有些时候，在有些没有任何痛楚的时候，你也会丧失一些最重要的东西，而在那时，你却连一点心理或生理的反应都没有。

那个时候，无疑正是你一生中最凶险的时刻。

我们为什么会失去痛楚？

其实很简单：在一种极特殊的环境里，在一种极特殊的外力的作用下，你的心理或生理神经被麻木，进而自我麻木。你失去了自主的识别能力。你的意识被依附于某种超越了常识判断范畴的"真理"之中，总而言之，你失去了自我。

这样的危险和悲剧，发生在人类演进的每一个时期、每一个种族、每一个国度。有的时候，没有文化的人群容易被麻木，也有的时候，反倒是最具思想能力的知识分子更容易成为麻木的主角和帮凶。

失去痛楚感的好处是，人更容易因为忘我而显得格外的勇敢和团结，如果一群失去痛楚的人被集结成了一个团队，其战斗力将十分可怕，因此，便也有胸怀大志的精英，往往善于制造一种令人失去痛楚的精神药物，来实现他们自己的政治或宗教上的抱负。

而往往在这样的时刻，当某一种先验的"真理"开始弥漫开来的时候，那些还能够感到痛楚，并把疼痛大声喊出来的觉醒者，反倒将成为命定中的祭典的牺牲。

我真的不知道，这样的悲剧有没有得到终结的时日。

老舍先生是满族人，原姓舒，生于1899年2月，因时值阴历立春，父母为他取名"庆春"，含有庆贺春来、前景美好之意。

孙午飞 摄

老舍的故事，没有风雨，没有跌宕，甚至没有刺骨的痛楚，有的只是灵魂如黄豆被慢慢磨成豆浆般的无言的悲哀。

把生命
浪费在
美好的事物上

特里莎修女：我是上帝手中的一支铅笔

上帝就喜欢玩这样的游戏，它让绝大多数的人生忙碌、喧闹而丰富，却让个别的人生那么的简单、纯粹而了无杂质。我们都满头大汗地挤在前面的那一大堆人里，唯有特里莎孤单地走在另外一边。

这些年，每年的8月我总会怀念起一个已经去世的女人。

9月5日，是特里莎修女（Mother Teresa，1910—1997）去世的纪念日，我不知道忙碌的人们还有几个记得她。每年到这个时间的前后，很多媒体大概都在忙着为艳丽而惹人同情的戴安娜王妃作专辑吧。在1997年，这两个女人的去世只隔了6天。

特里莎从小在克罗地亚读书，19岁那年由爱尔兰来到印度加尔各答，在喜马拉雅山下的达耶林城开始初学训练。后来成为终身职的修女。1952年，特里莎修女开始了最引人注目的善行，就是为快要死亡的穷人服务，她在加尔各答市的伽黎神庙旁一间空房子里，建立穷人得到善终的收容之家（垂死之家）。有快死的穷人，因为修女们的细心照顾而起死回生的。除了给予适当的照料之外，修女还教给他们谋生的技能。1979年，特里莎修女被授予诺贝尔和平奖，她到瑞典领取和平奖时，希望取消为她准备的国宴，因为"一顿国宴，只让三五个人吃饱，但这笔钱交给仁爱传教修女会，便能够让15000个印度人得到一日的温饱。"在获奖致辞时，修女谦卑地说："我是上帝手中的一支铅笔。"

在特里莎修女创办的加尔各答"儿童之家希舒·巴满"里，都是被遗弃的病童、弱智儿、受虐儿或沦为雏妓的孩童，他们是弱者中的弱者。特里莎修女把自己变成最穷的人，当87岁去世时，她的遗产只有两套衣服、一双鞋、一个水桶、一个铁造的饭盘和一张床铺盖，她相信唯有如此——变成最穷的人——被照顾的人才不会感到尊严受到损害。

下面这首诗歌《不管怎样，总是要……》，抄自"儿童之家希舒·巴满"的墙上：

人们不讲道理、思想谬误、自我中心，

不管怎样，总是要爱他们；

如果你做善事，人们说你自私自利、别有用心，

不管怎样，总是要做善事；

如果你成功之后，身边尽是假的朋友和真的敌人，

不管怎样，总是要成功；

你所做的善事明天就被遗忘，

不管怎样，总是要做善事；

诚实与坦率使你易受攻击，

不管怎样，总是要诚实与坦率；

你耗费数年所建设的可能毁于一旦，

> 不管怎样，总是要建设；
> 人们确实需要帮助，然而如果你帮助他们却可能遭到攻击，
> 不管怎样，总是要帮助；
> 将你所拥有最好的东西献给世界，你可能会被踢掉牙齿，
> 不管怎样，总是要将你所拥有最好的东西献给世界。

这首诗歌我很多年前从报纸上抄了下来，现在我常常用它来鄙视我热闹而喧嚣的生活。在最近这几年，我才渐渐领悟到，原来付出比得到能够给人带来更多的快乐，而这正是特里莎的启示。

好的诗歌从来不需要华丽的辞藻，它必定很直接，用最简捷的方式到达你的心灵。好的人生也是这样，它应该很纯粹、很简单，它的意义应该用一句话就能够说清楚。特里莎修女的一生都很简单，她忠诚于一个信念，并用最淳钝的方式日复一日地去实现它。她安居在贫困的社区里，每天去街上捡回一个又一个病童，然后把他们一一治好。不管怎样，数十年来，她总是如此。

上帝就喜欢玩这样的游戏，它让绝大多数的人生忙碌、喧闹而丰富，却让个别的人生那么的简单、纯粹而了无杂质。我们都满头大汗地挤在前面的那一大堆人里，唯有特里莎孤单地走在另外一边。

8月，我们怀念天堂里的特里莎修女。

这个世界在商业的漩涡中已经变成越来越缺乏快乐，那些古老的传承和信持已经变得十分遥远和荒谬，我们已经很久没有被生命感动。此刻，我们唯一能做的或许就是，念一遍"儿童之家希舒·巴满"墙上的那首诗歌，然后在这个声音中默思一下自己如杂花般开放的人生。

印度加尔各答 "特里莎之家" 内院
屈波 摄

上帝就喜欢玩这样的游戏，它让绝大多数的人生忙碌、喧闹而丰富，却让个别的人生那么的简单、纯粹而了无杂质。

我为什么愿意穿越回宋朝

与汉唐明清相比，宋代就是一个不太强大但有幸福感的朝代。

前日，《生活》杂志给我发问卷："如果你能穿越，最喜欢回到哪个朝代？"我想了一下说："宋朝吧。"

为什么是宋代呢？那不是一个老打败仗、老出投降派、老没出息的朝代吗？连钱穆老先生都说："汉唐宋明清五个朝代里，宋是最贫最弱的一环，专从政治制度上看来，也是最没有建树的一环。"

其实我想说的是，强大就值得向往吗？如果它老是打仗，它把老百姓管得死死的，它闭关锁国，它让一部分人先富起来，而且只让这部分人富起来，那么，我们能否不要这样的"强大"？

在我看来，与汉唐明清相比，宋代就是一个不太强大但有幸福感的朝代。

宋代开国100多年后，当时的人们开始比较本朝与其他朝代，我们现在听不到他们讨论的声音，不过估计也与现在一样，感叹"这是一个最好的时代，这也是一个最坏的时代"。有一位大学问家叫程伊川，说得比较具体，他总结"本朝超越古今者五事"：一是"百年无内乱"，也就是100多年里没有发生地方造反的事情；二是"四圣百年"，开国之后的四位皇帝都比较开明；三是"受命之日，市不易肆"，改朝换代的时候兵不血刃，没有惊扰民间；四是"百年未尝诛杀大臣"，100多年里没有诛杀过一位大臣；五是"至诚以待夷狄"，对周边蛮族采取怀柔政策。这五件事情或有夸张的地方，但离事实不远，特别是第一条和第四条最为难得，由此可见，宋代确实是别开生面。

宋代的皇帝对知识分子很尊重，100多年没有杀过一人，看着实在讨厌了，就流放，流放了一段时间，突然想念了，再召回来。文人之间也吵架，但都不会往死里整。王安石搞变法的时候，司马光在大殿上跟他吵，王安石就把他赶到洛阳去；司马光去了洛阳后就埋头编《资治通鉴》，编累了，就写一封公开信骂骂王安石，王看到了，也写公开信回骂。有人问司马光："王安石是个多大的奸臣？"司马光说："他写的文章还是挺牛的。"那时的文人还特别有钱，苏东坡和欧阳修老是被流放，到了一个地方，看着风景不错，就买块地，盖个亭子。

宋代对商人很宽松。在汉朝的时候，商人要穿特别颜色的衣服，不能坐有盖子的马车。到了唐朝，《唐律》仍然规定"工商杂类不预士伍"、"禁工商不得乘马"，而且商品交易只准在政府规定的"官市"中进行。到了宋朝，这些规定都不见了，商人子弟可以考科举当官，文人们都不太在意自己的商人家庭背景，朱熹就很得意地回忆说，他的外祖父是一个开酒店、做零售的商人，当年可有钱了，"其邸肆生业几有郡城之半，因号半州"。政府对集市贸易的控制也完全地开放了，老百姓可以在家门口开店经商，各位日后看电视剧，看到老百姓随地摆摊做生意的场景，那都是宋以后的景象，如果电视剧演的是汉唐故事，你大可以写微博去嘲笑一下编剧同学。

宋代的文明程度达到前所未见的高度。史家陈寅恪认为："华夏民族之文化，历数千载之演进，造极于赵宋之世。"中国古代的四大发明，除了造纸术之外，其余三项——指南针、火药、活字印刷术均出现于宋代。台湾学者许倬云的研究发现，"宋元时代，中国的科学水平到达极盛，即使与同时代的世界其他地区相比，中国也居领先地位"。宋代的数学、天文学、冶炼和造船技术，以及火兵器的运用，都在世界上处于一流水准。宋人甚至还懂得用活塞运动制造热气流，并据此发明了风箱，它后来传入欧洲，英国人根据这一科学原理发明了蒸汽机。

宋代的城市规模之大、城市人口比例之高，超出了之前乃至之后的很多朝代。两宋的首都汴梁和临安，据称都有百万人口，当时的欧洲，最大的城市也不过15万人。宋代的企业规模也很大，以矿冶业为例，徐州是当时的冶铁中心，有36个冶炼基地，总计有5000到6000名工人。信州铅山等地的铜、铅矿，"常募集十余万人"，昼夜开采，每年的产量达数千万斤。据经济史学者哈特韦尔的计算，在1080年前后，中国的铁产量可能超过了700年后的欧洲——除了俄国以外地区的总产量。另外，罗伯特·浩特威尔的研究也表明，在11—12世纪，中国的煤和铁的产量甚至比"工业革命"前夕的英国还要多。

正因为如此繁华，所以马可·波罗写的那本游记，让欧洲人羡慕了几百年。历史学家断定："在宋代时期尤其是在13世纪，透出了中国的近代曙光。"南宋灭亡之后，蒙古人统治了中原98年，之后又有明清两朝，其高压专制程度远远大于宋代，更糟糕的是，实行闭关锁国政策，中国人的格局从此越来越小，文明创新力也几乎丧失殆尽。

简单说到这里，你知道我为什么愿意穿越回宋朝了吧——跟汉朝比，宋朝无内乱；跟唐朝比，宋朝更繁华舒适；跟明清比，宋朝更开放平和；跟当代比，宋朝没有空调、汽车和青霉素，而且也没有含三聚氰胺的牛奶。

其实，人生如草，活的就是"从容"两字。

吴晓波 提供

你知道我为什么愿意穿越回宋朝了吧——跟汉朝比，宋朝无内乱；跟唐朝比，宋朝更开放平和；跟明清比，宋朝更繁华舒适；跟当代比，宋朝没有空调、汽车和青霉素，而且也没有含三聚氰胺的牛奶。

这一代的台北

明明/海阔天空/蔚蓝的海洋/你心里面/却有一个不透明的地方。

——方文山《琴伤》

"什么Pro.，就是个P呀。"

2014年的最后一天，在台北，去看陈升的跨年音乐会，小小的好奇是，那个苦恋过他十多年、身为陆军上将孙女的前绯闻女友会不会前来助兴。在手机音乐库里还存着他们12年前合唱的《为爱痴狂》："想要问问你敢不敢，像你说过那样的爱我，想要问问你敢不敢，像我这样为爱痴狂"，写歌词的是男生，女生当作誓言来唱，最后落跑的是男生。

12年前他们在北京边唱边哭的时候，台北正在进行激烈的市长直选，国民党人马英九大获全胜，获87.3万票，得票率为空前的64.1%，从此奠定了这位俊美中年男子的政治江湖地位。

把生命
浪费在
美好的事物上

今晚听陈升音乐会的时候，当年的小马哥已贵为台湾地区领导人好多年，然而他的民调最新支持率只有9%，贴着地板在飞。也就在这几天，马英九正被两件棘手的事情所困扰。

第一件是吕秀莲绝食了，诉求是陈水扁必须在新年前保外就医。吕女70周岁了，在南部和民进党内德高望重，真的出了人命，那就是另外一场灾难，在31日清晨，高检匆匆同意陈水扁保外，小马哥之前强调的"程序正义"被一阵寒风轻巧地吹走。

另一个不省油的竟也是女人——想当年，小马哥是多讨女选民的欢心，政治评论员周玉蔻爆料马英九团队收受顶新魏家的2亿元政治献金，对他从来没有被质疑过的"清誉"公开挑衅。

在出租车里，司机谈及周小姐的爆料，却有自己的角度，过去10年间，台北的房价涨了至少3倍，但他的收入却活活跌掉了一半。"他不贪又怎样？"司机的声音愤愤的，"如果他让我的收入10年涨3倍，而台北的房价只涨1倍，他贪个10亿我也认啦。"

"你们台湾人真的觉得这样可以吗？"后座的大陆客呵呵地笑，"我们的秦城监狱里有一个排的人可以做到这样，给了你们要吗？"

2014年台北又选新市长，新世代的年轻选民们不要蓝绿政党任何一方，不要"政治世家"，甚至不要"政治常识"，愣是选出了一个萌头萌脑的外科医生柯文哲，他们对他似乎也不是太感冒，给了个外号叫"柯P"。

"是Pro.柯的意思吗？"大陆客问。这回轮到台北人呵呵地笑了："什么Pro.，就是个P呀。"

安德烈的妈妈辞职了

16岁的安德烈要出国，妈妈去机场送行，用目光跟着他的背影一寸一寸往前挪。"我一直在等候，等候他消失前的回头一瞥。但是他没有，一次都没有。"妈妈哀怨地在《目送》中写道，以这篇文章为书名的散文集出版于2009年，过去5年仅在大陆就印行了270万册。

30年前，安德烈的妈妈可是台北文坛的头号女勇士，《中国人，你为什么不生气》让整个市民社会燃烧了起来，一本《野火集》轰隆隆地印了100版次，"历史硬生生地将一把'文化屠龙刀'塞进龙应台的手里"。后来，龙应台成了安德烈的妈妈。12月1日，安德烈的妈妈辞任台北当局文化部门负责人，离开办公室的时候好像没有听到挽留的掌声，没有，一次都没有。

"有没有文化局，对于台北其实一点不重要，台北有没有文化，有怎样的文化，你去诚品一看就知道了。"满头灰白头发的何飞鹏说，何先生是城邦出版的老板。每次他都开着一辆白色的卡宴来看我。

信义区的诚品店，到了深夜10点还人头攒动。两个90后女生坐在三楼的中庭木凳上，旁若无人地亲嘴。

1989年，诚品书店在仁爱路圆环创办时，报禁才解除刚刚一整年，全岛最流行的诗人是余光中。"乡愁是一湾浅浅的海峡，我在这头，大陆在那头。"1999年敦义店开张，台北有了第一家24小时不打烊的书店，很多出租车司机，到了后半夜没有生意了，就进来读书到天明。那一年，有人提出大陆、香港、台湾经济"一体化"。

在今天的信义店，方文山的歌词集出现在诗歌专区里，李敖的书不太好找，殷海光或胡适文集在哪里得用电脑查。与前几年相比，大陆文学家的作品少了很多，除了谍战小说家麦家的作品堆成一个专区，其他作家的作品星散稀见，在时政和经济专区，几乎没有严肃的关于大陆当前局势的新书。

"台湾年轻人的本土意识越来越强，他们对屏东县议员贿选事件的关心，远大于对岸抓了几只大老虎。"

"千万别想太多了"

2010年，马云来台北，在餐会上遇见一批年纪很大的企业家，头发都很白了，每个人都大谈创新，怎么创新，边上有人告诉他，台湾有希望。马云回去后，对大陆的企业家说，那么大年纪的人还在谈创新，台湾没希望了。

台北工商界不高兴了好些年。

几天前的12月15日，新晋亚洲首富的马云再来台北参加论坛，白头发的老人上前对他说，你是对的。

每次开两岸经济论坛，总有一些数据让台北学者很无感，比如：1990年，高雄港的集装箱吞吐量达350万标箱，居世界第4位，那时，上海港的数据为45.6万标箱。到2014年，上海港跃居世界第一港，集装箱吞吐量为3500万标箱，高雄港1000万标箱，跌为世界第14位。

2014年3月18日，数百名台湾大学生无预警地突然冲破保安人员的防线，强行占领立法机构，反对《海峡两岸服务贸易协议》，《服贸》全文共24条及2项附件，台湾承诺对大陆开放64项，大陆承诺对台开放80项，记者问大学生，具体反对哪几条，大多答不出来。在"太阳花"学生运动中，反对的意义大于反对的内容，或者"占领台湾行政主管部门"作为形式本身，就是诉求的全部。

最近，台北的圈子里还流传着一则笑话。

有一天，大陆方面有人给台湾地区领导人捎话，金门那边的"三民主义统一中国"标语褪色得太厉害，得找人重新刷一刷了。马先生很高兴，决定嘉许捎话的人。对方却说，千万别想太多了，主要是厦门那边的游客看不清楚，影响了生意，旅游公司有意见了。

如今，从大陆每天到台湾旅游的游客人数最高限额为7000人，这是2013年3月"大幅提高"后的结果，之前为每天5000人。

问台北的官员："北京故宫一年的接待量是1000万人次，杭州每年的游客有9000万，台湾多开放一些陆客会出什么问题？"

"会出问题的。"回答的人是台湾行政主管部门的顾问，"我们可以把日月潭的停车场扩大10倍，将花莲的民宿数量增加20倍，可是，当这些设施都大规模增加后，哪一天，两岸关系一紧张，对方禁止全部游客，台湾经济就真的垮掉了呀。"

《管子·轻重戊》中有过这样的故事：大国齐国以铜向邻近小国莒国和莱国高价交换紫草，莒、莱两国广种紫草，而荒废粮食生产，次年，齐国突然停止进口，两国经济迅速崩溃。台湾人古文学得好，这点教训一直记得，"你千万别说我们想得太多了"。

徘徊在文明里的人们

1982年，罗大佑写《鹿港小镇》："假如你先生回到鹿港小镇/请问你是否告诉我的爹娘/ 台北不是我想象的黄金天堂/都市里没有当初我的梦想/在梦里我再度回到鹿港小镇/庙里膜拜的人们依然虔诚/岁月掩不住爹娘纯朴的笑容/梦中的姑娘依然长发迎空/再度我唱起这首歌/ 我的歌中和有风雨声……"

生长于南部、写了很多闽南语歌的陈升，一直在"保卫"自己的"鹿港小镇"，他因此反《服贸》，他对记者说："陆客真的不要再来了，我们真的要牺牲我们的生活品质吗？有人说不签《服贸》会被边缘化。我想问的是，难道我们还不够边缘化吗？"

被边缘化是一个事实，继而会发酵为集体情绪，最后固化为一种"自我边缘化"的意识形态。

在汐止的食养山房，侍者端上一碟碟宛如艺术品的食物，一朵莲花在热腾腾的鸡汤中缓缓盛开。

站在户外的木阳台上，何飞鹏幽幽地说："台湾有西太平洋最好的海岸线、最好的温泉、最好的美食、最优良的医保和最友善的人民，但是，台湾似乎已经没有了经济创新的动力，年轻人有新想法，他们要实现它，就得去大陆，去东京，去伦敦，去硅谷。"

陈升的观点跟他完全不同："我真的觉得，我们不要赚这么多的钱。台湾过去最有钱的时代，可能是不正常的时代，现在也许是正常的。"

"台北不是我的家/我的家乡没有霓虹灯/繁荣的都市，过渡的小镇/徘徊在文明里的人们。"

地上几乎没有一根烟头

演唱会从晚上8点半开始，一直唱进新年来临，吹了十几段口琴、唱了50多首情歌，陆军上将的孙女终于没有出现，传奇一般只在歌词里缠绵复活，从来没有勇气走进现实。

唱场外，曾经的"世界第一高楼"101大楼开始表演烟火秀，100多万人翘首欢呼，跨年时刻，23000发烟火如梦如幻，时间总长218秒，"台北市的预算只有这些"。

此时，在彼岸的上海，刚刚封顶的、比101大楼还高124米的上海中心大厦也将发布首次跨年灯光秀，而在外滩，因人潮汹涌发生了悲惨的踩踏事件，死亡36人，最大的36岁，最小的12岁，都是大好的年纪。

上海踩踏事件在微信和微博里炸开了锅，而在台北青年人的手机里波澜不惊，他们用的是line和WhatsApp。凌晨两三点钟，月色朦胧，寒意渐浓，信义区各摩天大楼之间的年轻族群开始三三两两、有序地疏散，地上几乎没有一根烟头和一只空饮料瓶。

台北 诚品书店
姜丰 摄

「有没有文化局，对于台北其实一点不重要，台北有没有文化，有怎样的文化，你去诚品一看就知道了。」

这一代的上海

夜上海，夜上海，你是个不夜城/华灯起，车声响，歌舞升平/只见她，笑脸迎，谁知她内心苦闷

——周璇《夜上海》

1990年的冰淇淋蛋筒

1990年暮春，大学临毕业，4个外地同学最后一次骑单车去外滩。我们从五角场骑到中山东一路，那里的东风饭店一楼刚刚开出全上海的第一家肯德基，里面花花绿绿的都是赶时髦的年轻人，我们用一天的伙食费买了平生的第一只冰淇淋蛋筒。然后，几个少年人就跑到马路对面，黄浦江沉静东流，岸堤的水泥防洪坝前全是一对一对谈恋爱的人，男的穿着蓝色工作服，女的大多梳辫子，这就是很出名的"情人墙"，我们在后面吹口哨，引来一梭子一梭子嫌弃的眼光。

我们在外滩吹口哨的那一刻，大概是上海100年来最落寞的

时候。

国营工厂全面萧条，全城有80万濒临下岗的纺织女工，浙江、江苏一带的乡镇企业几乎挖走了一半的工程师，他们偷偷地卷走工厂里的图纸，到了星期天就跑出城去赚外快。市井风貌枯燥陈旧，"如果在上海街头拍40年代的电影，几乎不用搭影棚"。说这话的人是陈云，他是青浦人，1949年以后，就是在他的领导下重构了上海的国民经济，并将这种命令型的计划经济模式推广到了全中国。

然而，黄浦江的命运也是在1990年突然拐了一个弯。

这年2月，在上海过春节的邓小平提出"开发浦东，打上海这张'王牌'"，他说："我的一个大失误就是搞四个经济特区时没有加上上海。"①4月，市委书记朱镕基在一排简易平房前正式宣布浦东开发起跑。12月19日，上海证券交易所开锣成立，资本的幽灵重新回到上海。在1949年之前，这里可是远东最大的证券交易市场、全球第一大白银和第三大黄金交易市场。

这应该是全球最昂贵的夜景

上海人最窘的时候，连衬衫都买不起，他们发明了"衬衫领子"，就是只有前襟和后片的上半截衬衫，男人穿着好似一件没有罩杯的Bra，但就这样，他们还满世界的"阿拉，阿拉"。

香港人在上海赚了很多钱，20世纪80年代的时候，他们在城郊办了很多服装厂、电器组装厂，90年代中后期则成为商业地产

---

① 赵晓光、刘杰：《邓小平的三起三落》，辽宁人民出版社2011年第3版，第358页。

的主力。在20年的时间里，大江南北的人都卷着舌头学港腔，但在上海滩，上海人坚持用"阿拉"抵抗，聚餐临别，握着香港人的手，一脸真诚地祝福："祝你们早日做gangdu。"港人诚惶诚恐说"不敢不敢"，上海人一脸的坏笑，香港人分不清"憨大"与"港督"。

"小河弯弯向南流/流到香江去看一看/东方之珠，我的爱人/你的风采是否浪漫依然。"1991年，台湾歌者罗大佑为香港填写《东方之珠》，一时传唱华人世界。

上海人一直不服气。

1999年，共和国成立50周年，美国《财富》杂志机敏地将一年一度的《财富》年会放在上海举办，上海人在黄浦江拐弯、最黄金的地段建起了一个电视塔，起名为"东方明珠"。也是在这一年，421米的金茂大厦和258米的中银大厦分别在浦东建成，后者的高度与曼哈顿的洛克菲勒中心主楼高度相等，而洛克菲勒中心的建造时间是60年前的1939年。

大抵也是从这时候起，浦东的赛跑对象不再是维多利亚港，而是大西洋西岸的曼哈顿岛。2008年，492米的国际金融中心建成，彼时，541米的世贸双子塔已经倒塌为一个文明冲突的大坑。2014年年底，632米的上海大厦封顶，沪深证交所的交易量超过日本。

站在外滩的游轮上，上海人指着林立的摩天大厦和刺眼的霓虹灯对我说："这应该是全球最绚丽、也是最昂贵的夜景了，每一扇看得见外滩的窗户起码价值一千万。"这样的言辞里漂浮着镀金的骄傲与焦虑。

在一块砖上，我刻了你的名字

"时代的车轰轰地往前开。我们坐在车上，经过的也许不过是几条熟悉的街道，可是在漫天的火光中也自惊心动魄。就可惜我们只顾忙着在一瞥即逝的店铺的橱窗里找寻我们自己的影子——我们只看见自己的脸，苍白，渺小。"

张爱玲太用力了，把上海的才情一下子都耗尽，她说，在这座城市里，"我们每个人都是孤独的"。

张小姐是大时代里的小女人，她写小说和电影剧本，并用充满了隔膜感的文字定义了那个时代的情绪。很多年后，一位比她晚出生63年的四川自贡少年定居上海，也写小说和电影剧本，并成为这座城市最畅销的写作者。他说："这是一个以光速往前发展的城市，旋转的物欲和蓬勃的生机，把城市变成地下迷宫般错综复杂，这是一个匕首般锋利的冷漠时代。"他接着说，在这座城市里，"没有物质的爱情只是一盘沙"。

他的小说和电影叫作《小时代》。

从张爱玲到郭敬明，每一代的年轻人都用孤独、爱情和叛逆来描述自己的青春，然而，同样的汉字里面却潜伏着变异了的血色和基因。

就今日的上海而言，它已经不是一个属于移民的城市，它的性格过于内向、敏感和黏液质，好像一个沉迷世故的处女座中年男人。

在上海，听过的最不靠谱的爱情是这样的：一位安徽小伙子在沪打工5年，家乡的相好来看他，问，这5年里你到底有没有赚到钱？他领她去浦东国金中心，站在风很大的马路上，他让她抬头往上看——

"这是上海最高的楼,我们盖的,在最顶层的一块砖上,我刻了你的名字。"

讲故事的人发誓这是真的事,餐桌上的听客都笑了:"那个臭小子应该去北京打工,说不定就成了下一个王宝强。"上海出不了王宝强,即便油腔滑调如周立波,也得给观众看他的笔直的发蜡线。

李宗盛在上海居住了两年半,"想说一点那两年半的生活,却发现,即便在离开这个城市好几年后的今天,还是不容易的,一个影响自己那么深刻的城市,追索回忆时却那么费力、那么模糊、那么贫乏"。

贫乏的也许是李宗盛,也许是上海,也许是生活本身,他后来去了北京,成了一个专心而受尊重的制琴师,后来便写出了《山丘》:"越过山丘/却发现没人等候/喋喋不休/时不我予的哀愁。"

上海最高的山丘是佘山,海拔100.8米,现在是超级富人区,一栋别墅动辄上亿,买得起的人其实没有时间住,所以很多别墅里住着寂寞的保姆和园丁。

它就是个"泵",却不支持创新

1999年11月,世贸组织在美国西雅图举办国际会议,数万人举行史上规模最大的反全球化大游行,开幕式被迫取消,也是在这个月,北京与华盛顿就中国加入WTO达成双边协议。

"这是一个很有象征意义的事件。"英国人Rupert Hoogewerf

用一口流利的中文对我说："过去的十多年，中国是全球化运动
的最大拥趸者和获益者，特别是上海。"

Rupert Hoogewerf的中文名叫胡润，我们每次见面，他总是围
着一条黑灰相间的格子围巾，这让人想起了塞林格对英国人的描
述："他们要么夹着一把雨伞，要么叼着一根烟斗，要么，就不
分季节地披着一条格子相间的围巾。"也是在1999年，定居上海
的胡润推出了他的第一份中国富豪榜，从此，乐此不疲。他的一
双儿女出生在上海。

这座城市试图满足人的所有欲望，它就是一个"泵"，吸走
了周遭方圆1000平方公里的资源、金钱和有野心的商人，但是，
它迄今不是中国最有创新能力的城市。

根据胡润在2012年的计算，上海有14万家庭的资产达到了
1000万元，不过五成是因为炒股和不动产的增值，这座城市里大
约有250位富豪的个人财富在20亿元左右，不过，上海却没有诞
生最优秀的创业家。

过去20多年里，上海始终是国有资本和国际资本的乐土，它
们相携起舞，独占风景，与此同时，草根创业和市场化创新则奄
奄一息，在几乎所有的消费品领域，从服装、饮料到家用电器，
上海人几乎没有创造出一个排名前三的品牌。

今天的上海也没有继承阮玲玉、鲁迅和张元济的热血传统，
涌现出中国最好的演员、电影、作家和图书公司。

而在如火如荼的互联网经济中，上海人的表现同样乏善可陈，
"上海为什么出不了马云"这个问题一度让"阿拉"们无从回答。

"上海是一个特别'靠谱'的城市，它的灵魂中一定有一块
大容量的计算芯片，它太会精算，太讲秩序，有太多的钱，但是

却不属于年轻的创业者。"

18岁的舞曲

2014年暮春，18岁的女儿去上海，参加一个公益机构组织的成人礼，仪式在外滩边的华尔道夫酒店举办。在一间巴洛克风格的中庭里，妈妈在女儿的乌黑长发上插进一支笄，父亲牵着她的手，交给一位同样是18岁的男舞伴，他有着一张苍白俊俏的脸庞，胆怯羞涩，手指冰凉。

舞曲华丽而空洞，如同这个一言难尽的时代。

离开的时候，我突然发现，华尔道夫的地址是中山东一路2号，1862年的英式建筑，1909年翻新改建，成为远东闻名的上海总会（Shanghai Club），新中国成立后一度关闭，后来变身为国营东风饭店。1989年12月，因经营不善，饭店将一楼门面出租给肯德基。几个月后的1990年暮春，四位即将毕业、前途未卜的穷大学生，在这里吃到了平生的第一只冰淇淋蛋筒。

图片来源：CFP

就今日的上海而言，它已经不是一个属于移民的城市，它的性格过于内向、敏感和黏液质，好像一个沉迷世故的处女座中年男人。

这一代的杭州

这座城市的气质一直飘忽不定，大抵因为它从来不善于拒绝。

一

我写这篇关于杭州的文字是在2014年11月11日下午，今天，全国有超过400家媒体的记者涌进了城市的西部，在一座建成不久、化学气味尚未散尽的建筑物里，目睹一个商业传奇的诞生：阿里巴巴的淘宝将在这一天创造多少亿的交易额。而一位长相奇异的中年杭州男人对几位被选择出来的来访者喋喋不休地讲述自己的、每次听起来都有点夸张的商业梦想。

因为有阿里巴巴的存在，如今的杭州被视为中国电子商务之都，网易把它的运营总部迁到了钱塘江右岸，华为的一个研发中心和中国移动的数字阅读基地都设在这里，中国四大物流公司有两家诞生在杭州，据说，这个城市里有12万软件开发者。今天的马云，对于杭州这座城市来说，好比100年前的绍兴女子秋瑾，她在被捕杀后葬于西湖之畔的孤山脚下，杭州因此成为反叛者最心仪的"身后之地"，陈其美、章太炎、陶成章乃至苏曼殊等人的墓都环立于孤山。

这座城市的气质一直飘忽不定，大抵因为它从来不善于拒绝。

二

公元822年7月，诗人白居易授命南下到杭州出任刺史，其时，城市人口约4万户，计18万人左右，已号称"江南列郡，余杭为大"。

正是白居易在两年多的任期内，重构了杭州的城市格局，修堤筑坝，使西湖成为一个景观性湖泊，"最爱湖东行不足，绿杨荫里白沙堤"。到赵宋南迁，此地居然被选为帝国都城，历百年而一度成为当时世界上人口最多的城市。

我在作商业史研究时，曾与当地史家研讨过一个问题，马可·波罗到底有没有到过杭州，他在游记中对杭州的记载到底有多少真实性。据意大利人的计算，临安城"方圆约有一百英里"，相当于方圆170公里，这一面积比现在的杭州城区面积还要大很多。马可·波罗说自己在临安期间，正好碰上大汗的钦差在这里听取该城的税收和居民数目的报告，根据炉灶的数量推算，临安城有160万户人家，约640万人，这当然是一个十分夸张的数字。

在我看来，马可·波罗是否到过杭州是可疑的，不过也因为他的写作，让这座太平洋西岸的城市进入了世界商业史的叙述之中。

三

20世纪80年代初，读初中二年级的我随父迁入杭州，在很长的时间里，我并没有觉得这是一座多么特别的城市。

这里的商业无法与170公里外的上海相提并论，这里的湖光山色若放置于我从小长大的宁波、绍兴等江南水乡，也并无绝对的惊艳之处。在记忆中，当年城市的建筑物以灰色为主，市中心的四车道两旁植着成荫的梧桐树，道旁都是被水泥墙包围着的工厂和居民楼。中心城区的面积非常小，在全国省会城市中排在倒数几位，在毗邻陈旧的房屋中拥挤着80多万人。"美丽的西湖，破烂的城市"，这是1972年基辛格到访杭州时对这座城市的评价，当时，他在这里的一座盐商遗留下来的庄园里与周恩来总理起草了"中美联合公报"。

当我在1990年大学毕业，重新回到这座城市的时候，一些陌生的、与金钱有关的景象开始像幽灵一般出现，这些传说率先是从菜市场里传出来的，那些肤色粗糙、学历低下的男人从舟山、福建等地运来新鲜的海虾、带鱼和贝类，然后以几倍的价格出售，他们很快穿金戴银，成为这座城市里的暴发户，用邓小平的话说，是"先富起来的人"。

1990年年底，我奉命去城东采访一家名叫娃哈哈的校办企业，据说它在3年时间里成长为全国最大的儿童营养液生产企业，娃哈哈派车来接我，是一辆苏联产的拉达，接我的人说的第一句话是："请拽住车门，它不太牢，车子开到一半可能会打开。"在一个处于狭窄街道的厂区里，我第一次见到了宗庆后，他长着一张典型的杭州人的脸，方正、温和而缺乏特征，他的杭州话很纯正，讲起话来有点害羞，喜欢一个人的表示就是不断地给你递烟。我没有料到，20多年后，他会成为中国的"首富"。

宗庆后是我见到的第一个杭州籍亿万富翁，在他之前，中国的富人大多出现在城市之外的农村。进入20世纪90年代之后，财富开始向城市聚集，这里有更好的商场、学校和医院，浙江各地的乡镇企业家——他们给自己起了一个集体名字叫"浙商"——纷纷到杭州来定居、投资，城市几乎是在一夜之间就繁荣了起来。1998年，朱镕基总理任期内，政府开放了房地产行业，杭州成为全国第一个房价迅猛上涨的城市，在2000年前后，杭州市中心的房价已从1200元每平方米涨到了3500元每平方米，而在当时，北京天安门附近及上海外滩的房价也不过如此。杭州市中心的杭州大厦一度成为中国最赚钱的商场，它的单位面积营业额在相当长的时间里为全国第一，一直到前两年才被北京的新光百货超过。

四

作为全国第一个高房价城市，政府在土地上尝到了甜头，有一位叫王国平的市委书记注定将在杭州城市史上与白居易一样被常常提及。王书记是地地道道的杭州人，他的父亲曾是新中国成立后的第二任杭州市市委书记，在10年执政时间里，他把杭州当成了自己的家园来治理。在他的公文包里有一张杭州地图，随时随地摊开来指手画脚。

这是一位有争议的强权者和建设者，在他的强势治理下，环西湖的政府机构几乎被全数拆迁，实现了"还湖于民"，通过大规模的排淤过程，西湖面积扩大了一倍多，他还决定性地将城市的建设中心向东延伸，从西湖地带转移到了钱塘江地带，沿江两岸迅速崛起，城区规模得到了倍级增长。而在城市的西部，他保留了西溪，使之成为"绿肺"，全国人民知道它是因为冯小刚的电影《非诚勿扰》。在这种空前的腾挪之中，杭州10年一大变，而政府也从中大得其利，在2009年，杭州的土地收入居然高达1900亿元，为全国城市之冠。

与其他成为过帝国都城的中国城市——比如西安、南京都不同，杭州似乎少一份颓废之气。在这里的20万在读大学生、12万软件开发者、数十万的年轻创业者及打工者，以及数以十万计完成原始积累的浙商群体让它始终散发出充满野心的商业主义气息。它是一座属于新兴中产阶级的消费型城市，自然的美好风景与商业的繁荣天衣无缝地交融在一起。在这里，走近所有美好的事物都毫不费力，它如湖面的浮萍，肤浅地漂浮在生活的表面，如同生活本身一样。

一年一度的西湖草地音乐节是中国最热闹的民间音乐节之一，西湖动漫节则是规模最大的动漫会展。据说杭州有很多大咖级的年轻网络作家。有一次我碰到廖一梅，跟她聊起杭州的话剧

市场，她说，孟京辉剧团在杭州的票务情况竟好过上海，这让我
小小地吃了一惊。

跟中国几乎所有的大城市一样，杭州的交通是让人绝望的，
我的住房在运河边，推窗可见城内唯一的南北高架桥，每到黄昏
时分，红色的尾灯是一道惊心动魄的风景线。每到节假日，杭州
城内几乎寸步难行，所以到这些日子，我必须离开。沉重的房价
压力，让城市里的年轻人抱怨不已，如果静态计算的话，他们一
辈子赚的钱都得还给一套百来平方米的住宅房。但是，绝大多数
的年轻人仍然舍不得离开。

五

就在昨天清晨，我又去了一趟孤山。

站在湖之北岸，在我的身后是沉默的岳飞大庙，举目望出，
我看见了苏东坡的长堤、秋瑾的大墓、俞樾的书房、林逋的水
台、苏小小的亭子、吴昌硕的画室，向东一公里有史量才的别
墅、张静江的公寓以及蒋介石送给宋美龄的美庐，水之南面是毛
泽东常年居住的刘庄。

这些名字，有的显赫嚣张，有的潦倒一生，如今他们都各安
其位地在历史的某一个角落。

行遍天下之后，客观而言，杭州的山水若在世界各胜景中进
行排名，肯定进不了前二十。但是，在一个中国人的心中，若这
些名字被一一朗诵出来，却会生长出别样的气质，它是"历史的
黏性"，是被想象出来的风景。

土耳其作家帕慕克曾用一本书的篇幅描写他居住了一生的城市伊斯坦布尔，在题记中，他说，"美景之美，在于忧伤"。

一切伟大的城市，大抵都是如此，它从历史中披星戴月地走出，在破坏中得到新生，每一代人都在它的肌肤上烙下印记，让它变得面目全非，然后在忧伤中退回到历史之中，只有城市永远存在，忍受一切，不动声色。

杭州 拱宸桥
孙午飞 摄

这座城市的气质一直飘忽不定，大抵因为它从来不善于拒绝。

下篇

CHAPTER

我一点也不留恋这个时代

这真是一个矛盾重重的年代，人们常常困顿于眼前，而对未来充满期望。

一

因为是一个商业史的观察者，所以我常常被人问及一个问题："你是怎么看待过去20多年的中国变革的？"每当这个时候，我就会用一个假设的情景来讲述。

假如，有一个叫"中国"的东方城镇。

20多年前，那里的房子都白墙黑瓦，家家门前有条小河，房子和房子之间有雨廊相通，镇上的人们都互相认识，生活单调而均贫。人人都有一份轻松而可有可无的工作，只要没有太大的天灾人祸，每个人都吃得上饭，但是却不会有太多的积蓄，大家都穿着俭朴而类似的衣裳，和气而单纯。整个城镇只有一个十字路口，商店均简陋而干净，所有的货物都是配给制的，要凭票才能购买。天空晴朗而万物寂寥，对物质的欲望是一种受到谴责的"不道德观念"。

后来，城镇里出现了一些不安分的人，他们悄悄地在街头摆摊，贩卖一些不知道从哪里弄来的、新奇的小货物。镇上那些严厉的管理员到处追赶这些人，收缴他们的货物，把摊子踢翻在地上，因为他们太醒龊，太不守规矩，也与原来的秩序太格格不入。可是，这些人赶不胜赶——他们摆出来的小玩意儿实在是吸引人，让所有的街坊们都眼睛一亮，都愿意出钱买回去。这些人越来越多，声响越来越大，金钱居然向他们聚集，他们原本是城镇上最被鄙视和嘲笑的人，可是不久后，竟成了最有钱的人。这实在是一种很让人尴尬的事情。到后来，他们不仅穿上了鲜亮的衣裳，竟还有钱收购街上那些生意清淡的铺子了。

城镇管理员的想法也悄悄发生了改变，他们觉得让城镇热闹起来好像也是一件不错的事情。于是，他们自己上街摆摊、做生意赚钱。尽管他们拥有无人可比的好位置——街上那些最好的商铺可都是他们的，还可以自己设定管理规则——比如，到了天热的时候，他们可以规定只有自己的店铺可以卖凉茶，而别人则不行，可是他们始终不是小商小贩们的对手。他们的摊铺过不了多久就被打得稀里哗啦，他们经营的生意先是在城镇的边远地带被击溃，几年后，连镇中心地带的店铺也经营不下去了，这真是让人头痛的事情。

就在这个时候，另外城镇上的一些有钱人也赶来这里做生意了，他们带来一大堆镇上的人们从来没有见识过的新奇好玩的货品。街道变得异常的热闹。因为做生意的人越来越多，老的街道要被拓宽了，那些妨碍交通和交易的牌坊之类的东西都被拆除，所有的事物都变得乱七八糟。原来的那些规矩都好像不太适应了，可是新的制度又还来不及建立，于是，一切都显得混沌不堪。安分守己不再是美德，那些善于钻营和不安现状的人成了这个社会最受欢迎的人群，有时候，连豪取强夺的行为也被容忍了。

又喜又忧的管理员开始寻找新的办法。当一个城镇开始繁荣起来的时候，最值钱的资源当然就是十字路口附近的那些土地和商铺了。谁拥有了它，便也就拥有了财富的源头。于是，管理员转变思路了，他们开始寻求结盟。土生土长的小商小贩是他们从来就瞧不起的，外来的、财大气粗的商人成了最合适的盟友。

于是，新的游戏开始了，管理员把自己名下的、位置最好的土地和店铺陆陆续续地拿出来，跟外来的商人们合在一起。这真是一对天作之合，他们中的一位拥有全镇最好的资源，还可以制定规则，而另一位则好像有用不完的钱，还有舶来的好工艺和最鲜亮的货品。于是，他们渐渐成了这个城镇的新主角。那些本地的小商贩们尽管还在不断地壮大，可是他们始终抢不到最好的位置，更要命的是，还有很多货物是他们不能经营的。谁也不知道这种情景到什么时候会有改变。

现在，这个叫"中国"的城镇正在翻天覆地地变化中。

原本只有一个十字路口的繁华区，现在已经扩散成了很多个商业地区，街上的货物一天比一天丰富，人们的日子也真的富足和好过了不少，它现在成了远近闻名的商贸中心。与此同时，原本清洁的天空现在变得灰蒙蒙了，因为这里已经成了一个喧嚣的大工地，到处都在尘土飞扬地拆旧房子、拓宽街道、开建新的店

铺，每天街上都会出现新的招牌和新的货物，一切都是那么的欣
欣向荣、那么的忙乱。

20多年前的那种清淡而悠闲的生活早已一去不复返，那些漫
卷着诗书无聊行走的人们早已不见了，每个人的神情都很紧张，
充满了不安全感，他们走路的速度比以前明显要快多了，连说话
的速度和态度也大大的不同。态度和气的街坊也消失了，因为人
人都是生意客，每个人的身份和价值都跟他的财富多少有关，这
好像是另外一种单纯。

不管你喜欢还是不喜欢，这个叫"中国"的城镇真的是与
30多年前大大的不同了，每个身处其间或游历到这里的人都很好
奇于它的未来。这真是一个矛盾重重的年代，人们常常困顿于眼
前，而对未来充满期望。

每当我用这样的方式讲述中国变革的时候，听的人都会面带
微笑而觉得有趣。

二

1902年，安德鲁·卡内基已经很老了。两年前，他将自己的
美国钢铁公司与J.摩根实现联姻，从而成为当时世界上最富有的
人。可是直到这时候，他也还没有搞清楚，到底财富给自己带来
了什么。从一个纺织女工家的穷小子到世界首富，卡内基打造出
了一个前所未有的钢铁帝国，也涂抹出一个吝啬、冷血、没有任
何知心朋友的生命图本。这一年，67岁的他开始频繁出入教堂，
在那里的某一天，他突然开始醒悟。他的传记作者奥尔·亨廷顿
写道："直到那一刻，他才意识到，是上帝派他来赚那么多的

钱，所以他必须在有生之年把它们都还给上帝的子民们。"老卡内基把他的余生都投入慈善之中，今天在美国各地，你到处可以看到卡内基捐赠的图书馆、博物馆。

我们为什么要赚钱？我们想要用赚来的钱去购买什么？对今天所有的人都是一个问题。

我认识一位朋友，他是一家跨国咨询公司中国区总裁，在他的努力下，这家公司在中国获得了显赫的成绩，而前年年初，他突然宣布辞职，然后独自一人去台湾当一名传教士。在离开大陆前的一次聚会上，他告诉自己的朋友们，"我上半辈子已经赚到了足够的钱，让我从今天出发去寻找自己的快乐"。

我很羡慕这位朋友，至少就他个人而言，已经找到了自己的答案。

马克斯·韦伯在《新教伦理与资本主义精神》中认为，在中产阶级仍很落后的国家，都曾有一个鲜明的特征，就是盛行不择手段地通过赚钱牟取私利，这几乎是一个无法超越的阶段。而成熟商业社会的标志则是，人们从对物质的追逐中脱离出来，开始去发掘生命中另外一些抽象的、形而上的价值。

百年的积弱和贫困，使得今日的中国依然处在一个创富的激情年代中，一切以经济为中心，一切以财富为标杆，所谓的智慧、快乐与价值都似乎是可以被量化的，而伦理、道德则成为一种可有可无的奢侈品，它们的底线往往可以被轻易地击穿。

今天很多人把今日之中国与20世纪60年代的美国社会相比较。美国心理学家尤维·吉伦便认为，这是两个十分相似的商业社会。伴随着经济的迅速发展，人口大量涌入城市，转型期的社会、经济乃至个人的不确定性因素与焦虑的社会心理相结合，必然导致众多的社会矛盾。然而，必须指出的是，今日中国人与美国人最大的差异在于，我们一直缺乏一种形而上的精神空间，缺少精神慰藉的空白，这将导致因商业生存而被扭曲的普世价值伦理无法得到应有的修补。有一年，我去波士顿的燕京学社拜访杜维明先生，他提醒我说，"你有没有发现，尽管美国是一个非常物质化的社会，但是，与中国最大的区别是，这里到处是尖顶"。他所谓的"尖顶"，是指遍布全美各地的教堂，人们每至周末便全家到那里去做礼拜。

我能理解杜先生的解读，他最近在华人世界倡导"儒家学堂"便也是企图建造一个"东方式的尖顶"。只是他的努力因为缺乏响应而显得那么羸弱。

我曾经去过北方的一片森林：40年前那里郁郁葱葱无涯无际；20年前，人们开始大量砍伐建厂，当地的居民走上了小康的道路；5年前，林木锐减、水土流失，自然环境急速恶劣，一些赚到钱的大户开始纷纷外迁；1年前，当地人开始大面积种树，试图恢复原貌，而据说，要恢复到20年前的模样，大概需要100年时间。

天下轮回，大抵如此。每一个人生、公司、国家和文明，确乎是有"报应"的。如果没有清晰、超然而有规划的生命观，那么任何财富追逐的结果都将是灰色的、茫然的。这样的话题，对今天很多中国人来说，还是那么的陌生，但是我想，可能用不了多久，它就会变得百分的醒目。我希望穆罕达斯·甘地式的观念能成为普世的生命观。这位终生节俭而倔强的印度人将下列现象称之为"可以毁灭我们的事物"，它们包括——没有规则的政治，没有良知的快乐，没有劳动的财富，没有个性的知识，没有道德的生意，没有人性的科学，没有牺牲的信仰。

三

我为自己生活在这样一个充满了巨变和戏剧性的大时代而感到幸运，但是，说实话，我一点也不留恋这个时代，我希望它快点过去。我希望那些貌似古板而老套的价值观重新回到身边，它们是——

做人要讲实话，要有责任感，敢于担当；

要懂得知恩图报，同时还要学会宽容；

要学会关心别人，特别是比你弱势的那些人；

一定要敬天畏人，要相信报应是冥冥存在的；

要尊重大自然，而不要老是在破坏中攫取；

要相信自由是天赋的，谁也不能剥夺。

人生的确有比金钱更为重要的事情，比如陪女儿玩半个小时的积木，或与太太冒雨去看一场午后电影。

我希望它们一一回来。因为只有与它们相伴，财富才会真正地散发出智慧和快乐的光芒。

把生命
浪费在
美好的事物上

商业是一场有节制的游戏

“我经常反思自问，我有什么心愿？我有宏伟的梦想，但我懂不懂什么是有节制的热情？”

——李嘉诚

2005年年初，新疆学者唐立久来电。

这位“德隆研究第一人”受蓝狮子之邀写《解构德隆》。在上一年的股灾中，中国最大的民营企业、拥有1200亿元资产的德隆系陡然崩盘，董事长唐万新入狱。作为唐氏的多年好友，唐立久在写作的同时还在为德隆官司奔忙。他告诉我：“唐万新一案涉面庞杂，光是律师诉讼费用就要265万元，唐家最多能拿出120万元，其余的部分是我和新疆的一些朋友帮助解决的。”

我竟不能相信。

那个曾经控制数百家公司，可以操纵上千亿元的唐万新居然只能拿得出区区120万元？敦厚而深知唐家底细的唐立久说，已经翻箱倒柜了，万新真是没有钱。

话语至此，手机两端一时寂静。

就在不久前，一位相识多年的老朋友陷入了经营危机，他开的是期货公司，在过去十多年里，他炒聚酯切片，炒三夹板，炒钢材，在东亚一带非常出名，效益最好的时候一天利润就过亿元。他性情豪放，出手阔绰，似乎以为自己会永远这样好运。某次去香港，看中一个写字楼，他一挥手就让人买下了一层，过后竟很快就忘了这件事。后来，期货牛市崩塌，他一夜间倾家荡产，最后到了座车被人拉走、住房被人查封的凄惨地步。走投无路之时，半夜猛然想起，某次在香港好像买过一层楼，第二天忙去打探，果然还在自己的名下。侥幸之余，他对我说："还好我忘了曾经买过这层楼。"

新旧两段事，交错在一起，便有了此文的标题：《商业是一场有节制的游戏》。

商业是一场怎样的游戏？

我曾经向N多个企业家询问过这样的问题，他们的表情大多都很不耐。

这是一个问题吗？商业难道不是一场适者生存的搏命游戏？

一场伟大的爱情，并不需要一个美满的结局为注脚，有时候甚至还相反。

一位绝世的武士可能死于一场宵小之辈的阴谋，但这并不妨碍他英名永存。

即便是一位诗人和小说家，只要他们一生的某个时刻创作出了一首好诗或一部伟大的著作，他便可以站在那里永久地受人敬仰。

可是当一位企业家却好像没有这样的幸运。

企业家之成功，之被人记取和传颂，只有一种可能，那就是：他所一手缔造的企业仍然在创造奇迹。企业家总是需要有一些看得见、可以被量化的物质和数据来证明自己的价值，这些物质和数据还必须每年保持一定的增长，甚至增长的速度应该比自己的同行要快，否则他就很难被视为成功。

正是这种特征，构成了企业家的职业性格：注重利益而不计后果，得理处绝不轻易饶人，勇于倾家一搏而不肯稍留后路。

特别是在中国，草根起家的企业家们从来不肯放过任何一个成长的机会，对激情和狂飙的痴迷让中国在短短20年内迅速崛起，而同样也纵容出一代不知节度的财富群体。"破釜沉舟"、"卧薪尝胆"、"机不可失，时不再来"，隐含在这些成语中的血腥与决然构成了这代人共同的生命基因。

但是，商业真的就是一场这样的游戏吗？

也许，这还真的是一个问题。李嘉诚创业于1950年，大半世纪以来，他的同辈人大半凋零，只有和黄事业绵延壮大，在被问及常青之道时，这位华人首富说："我经常反思自问，我有什么心愿？我有宏伟的梦想，但我懂不懂什么是有节制的热情？"

商业是一场总是可以被量化的智力游戏，不错。

商业是一场与自己的欲望进行搏斗的精神游戏，也不错。

但归根到底，商业是一场有节制的游戏。

美国开国元勋本杰明·富兰克林在他的自传中，曾经用13个美德来描述"完美的人格"，而其中第一个便是"节制"。他的原话是这样的："食不过饱，饮不过量。"节制能使人头脑清醒、思维敏捷、提升效率。

如果从商业的角度来说，节制是有限责任的同义词，是有序竞争和优质化生存的必需，是社会与产业可持续发展的前提，是商业利益与社会责任的均衡。

1984年，当时还在王安实验室工作、后来入主思科的钱伯斯向一位日本企业家求教竞争之道，日本人说："我们目标中的市场占有率，不是80％，也不是90％，而是100％。"钱伯斯在很多年后说，这种极端排他性的、非我莫属的战略思想让日本崛起，也让日本停滞。

有一年去西班牙旅行，遇到一位叫卡尔沃的先生。他所在的埃尔切市曾火烧温州鞋，引发出一场国际反倾销风波。他受西班牙鞋业工会的委托，专门赴温州对当地的鞋厂进行一次实地调研。他问我："你们的皮鞋，用的是跟我们一样的牛皮，一样的生产线，一样的工人，为什么价格一定要是我们的十分之一呢？"

我不太好回答这个问题。

我们的资源是无穷尽的？我们的环境保护差一点没有关系？我们的工人就是比你们便宜？我们就是要用低价战略把你们赶尽杀绝？

我突然很想知道，那个站在钱伯斯面前趾高气扬的日本企业家如今身在哪里。

刘畅 摄

但归根到底，商业是一场有节制的游戏。

你唯一需要保全的财产

在熊熊烈焰中，你需要冒着生命危险抢出来的唯一财产，不是椅子、电器或账本，而是你的信用。

2005年，我去天津寻访孙宏斌，那时，他是中国企业界新晋的"最大失败者"。

孙宏斌于1994年创办顺驰。2002年之后的两年里，顺驰由一家天津地方房产公司向全国扩张，成为房地产界最彪悍的黑马，气势压倒万科。然而，在2004年二季度的宏观调控中，顺驰遭遇资金危机，孙宏斌被迫将股份出让给香港路基，构成当年度最轰动的败局新闻。

一开始，孙宏斌答应接受我的约访，然而在最后一刻，他派出了一位老同学接待我："什么都可以问，我都会如实答，不过宏斌不愿意出来。"在一周的时间里，我先后访谈了地方政府官员、银行、媒体记者以及顺驰的几位高管，渐渐把成败脉络摸索清楚了，就在这个过程中，我突然有一种预感：孙宏斌还可能重新站起来。

预感基于这样一个事实：在企业即将崩盘的前夕，孙宏斌很好地维护了与当地政府的关系，解决了与银行的债务问题，对那些遣散的员工也尽量妥善安排。也就是说，在最困难的时候，孙宏斌唯一竭力保全的资产是信用。

孙宏斌是一个个性极度张狂和偏执的人，顺驰的失败在很大程度上与他的这一秉性有关，可是，他恰恰又是一个重视个人信用的人。

所以，在写作顺驰案时，我最后谨慎地添上了这么一段话："这位在而立之年就经历了奇特厄运的企业家，在四十不惑到来的时候再度陷入痛苦的冬眠。不过，他只是被击倒，但并没有出局，他也许还拥有一个更让人惊奇的明天。"有趣的是，这段文字居然灵验，孙宏斌随后创办融创，在2009年的那拨大行情中顺风而起，并在2010年10月赴香港上市。

后来在课堂上，有同学好奇地问我：你是怎么看到孙宏斌可能复起的？

我说，因为我看到，当顺驰作为一个企业组织难以为继的时候，孙宏斌作为一个企业家的信用并没有同时破产。对一个创业者而言，最重要的、赖以安身立命的根本，不是产品，不是技术，不是人才，甚至不是资金，不是所有看得见的资源，而是最为无形的——信用。只要一个人的信用没有破产，那么，他在商业世界里便还有立足和翻盘的可能。因为，人们还愿意给你机会。商业，其实就是一个与机会有关的游戏。

在逐利的商业世界里，失败者往往是不容易被再次接受的，所以，有可能重新站起来的人少而又少。而那些极少数者之所以能够卷土重来，最大的原因是，当他们的物质王国崩塌的时候，他们的个人信用却被顽强地保全了下来。

在企业史上，有另外几个人的故事可以互为参照。

与孙宏斌的经历颇为近似的，是巨人的史玉柱。他倒在1998年的那次经济危机之中，企业同样亡于资金断裂。史玉柱仓皇北上，躲到江苏的一个小县城里重新创业，而他一直耿耿于怀的，是如何还掉在珠海欠下的那笔债。几年后，他因脑白金的热销重新站起，赚钱后的第一件事便是刊登广告，寻找当年的债主们。在过去的这些年里，尽管史先生的营销手法让很多人颇为厌恶和不齿，但是就商业运营而言，他确乎是一个"信用不错的人"。

与孙、史两人相映成对照的，是无锡尚德的施正荣。

施先生是一位很有造诣的留澳光伏博士，2001年回家乡无锡创办尚德电力，当地政府给予了资金、土地和税收等全面的大力扶持，尚德一度成为全球最大太阳能电池板生产商，施正荣也当过"中国首富"，风光一时无二。可是到了2008年，受全球金融危机影响，光伏产业遭遇寒流，尚德处境非常艰难，市值蒸发上百亿元。然而就在如此危急时刻，施先生率先逃离火线，他拒绝与地方政府合作拯救尚德，更通过自己控制的个人公司掏空上市公司资产。到2013年，尚德宣布破产，无锡市政府被迫以极大的代价接下一个烂摊子。我去无锡调研时，人人耻谈施博士。

有报道称，今天的施正荣仍然是一位身价超过10亿美元的"隐形富豪"。不过，可以肯定的是，他的企业家信用已然彻底破产了，在他的有生之年，恐怕很难在中国市场上再做成一单生意。

　　创业是一个幸存者的游戏。所有的创业者都可能面临灭顶之灾。这就如同一幢房子，很可能会突然着火，在熊熊烈焰中，你需要冒着生命危险抢出来的唯一财产，不是椅子、电器或账本，而是你的信用。

苍狼终将消失

"只有懂得生活文明的人类，用更文明的手段、更有文化的思考、更具有历史观的企业经营模式，才有条件继续生存下来。"

——李焜耀

有一年，台湾明基的董事长李焜耀去土耳其。那边的人告诉他，他们与中国是有血缘关系的，而有些当地的朋友，他们的姓就真的叫"窝阔台"、"察哈台"等等，他们就是蒙古人的后裔。在历史上，有着草原苍狼性格的蒙古人，带着他们的铁骑横扫欧亚大陆，在元朝时，因为追逐扩张草原势力，逐步迁徙到土耳其来。但这些原本是追逐水草的游牧民族后裔，在土耳其落地生根之后，逐渐适应农耕民族的生活方式。而到了现代，土耳其人不再逐水草而居，而是更积极地融入全球文明体制中。他们寻求加入欧盟的机会，寻求一个与现代文明紧密结合的生活方式。

李焜耀从这个例子中得出的感慨是：蒙古人的例子，真的可以让我们思考，那种游牧式的产业形态，对台湾制造业究竟是利是弊？将怎样影响长期的生存？又能为台湾社会留下什么？台湾现在的产业主流价值已被严重扭曲，大家看到的都是成功以后的故事，去赞扬，甚至效法这些苍狼式、游牧式的经营模式。但大家不知道，或者刻意忽略的是，在这些成功故事背后，可能用了多少社会资源，与多少不尽合理、不一定合法、不见得合情的手段。如果这样的成功被大肆歌颂或称道，而没有托出背后的完整面貌，并探讨这种营运模式的利弊影响，这对社会是不公平的。

对于大陆的读者来说，读这样的文字一点也不会陌生。跟台湾的产业界相比，大陆的浮躁与苍狼化态势只能说有过之而无不及，甚至，那种"狼的文化"现在正成为商业思想的主流。

"中国的机会太多，以至于很难有中国的企业家专注于某个领域，并在该领域作出卓越的成绩。"说这句话的是亚洲最好的战略家、日本人大前研一，20年前他是"中国崩盘论"的提出者，可是在飞临中国第50次以后，他现在成了中国经济繁荣论的最积极的鼓吹者。不过，他对中国公司的观察却仍然喜忧参半：

"我认为中国人有点急躁。"大前研一举例说，他曾在一间中国书店看到一本《西方百部管理经典》，竟然浓缩在200页的篇幅。"只想阅读管理书籍的摘要，只想在5年之内就赶上日本花了50年所学的，这正是中国打算做的。可是，管理是一个连续反馈的过程，如果你只是这样'浓缩'地学习，然后匆匆忙忙地采取行动，或者是让其他人来对组织进行改造，这简直就像个'人造的孩子'。"

急躁、功利、凶猛决然、见到猎物就上、从不顾及生态，这种"狼文化"据说正被很多企业家奉为"图腾"。在过去的很多年里,我们目睹了太多的血腥传奇,我们看到太多的公司一夜崛起,攻城略地好不痛快,所谓的商业道德、公共责任都成为利益的"祭品"。我们看到太多的产业在最短的时间里被砍杀成一片焦土,以狼为荣的企业家们正把任何一个可能的领域都变成价格战的"红海"。中国和地球都实在太大了,杀遍东南沿海,还可驰往内陆腹地,砍尽华夏大地,又可远征南洋彼岸。似乎总是有消耗不光的物资能源、开拓不完的市场疆域、剥削不尽的低廉劳工。

当尖刻的郎咸平教授把中国高科技企业戏称为"科幻公司"的时候,我们其实并没有开始认真地反省。这些年来,我们曾经"创造"和"发明"过多少蛊惑人心的高科技概念,可是直到今天,我们甚至不能完整地掌握一台冰箱或彩电的所有零配件技术,即使是技术含量极为低下的微波炉,我们也只能实现99%的国产化,那剩下的1%已成为中国企业界的耻辱。

与产业的游牧化相比,一个更可恶也更可怕的现象是,一场"洗脑运动"正席卷中国商业界。"不问任何理由地执行"、"只关注自己岗位的细节"、"像狼一样地为公司攫取利益",对这些理念的推崇,正让中国公司陷入空前的功利误区,在很多著名企业的公司文化中,充斥着伪善、轻浮和言不由衷。可以说,自2000年以来,一种奴役式、麻痹式的洗脑文化正笼罩着中国公司,企业家们更希望用这种文化来改造所有的员工。

我不知道众狼横行的时代什么时候会走到它的悲凉尽头。李焜耀在不久前的一篇文章中写道:"苍狼最终在历史上的下场都是会消失的，因为草原总有被吃尽的一天。最后生存下来的会是什么呢？我几乎可以肯定地说，不会有狼，只有懂得生活文明的人类，用更文明的手段、更有文化的思考、更具有历史观的企业经营模式，才有条件继续生存下来。"

此言凿凿，可以铭石，立在这个商业年代的某些显眼角落。

图片来源：全景

我不知道众狼横行的时代什么时候会走到它的悲凉尽头。

春节的酱鸭

他在2008年发起干了一件那么漂亮的事，它很平凡，很渺小，对世事的改变
也很缓慢，但真是这个国家少有的美好事物之一。

在过去的四五年里，每到春节前后，家里总会收到一只寄自四川的大包裹，里面满满的都是腊肠、酱鸭及晒干的花生。寄件人叫周开洪，是四川安县黄土镇方碑村农民。

方碑村地属绵阳，在2008年的"5·12"大地震中，全村95%的房屋毁灭性倒塌，13人死亡，190名学生无处上课。在灾后重建中，我的师友、时任上海交通大学安泰经济管理学院副院长的何志毅教授自告奋勇，决意用"教授的办法"帮助方碑村农民。在近半年时间里，他十余次赶赴方碑村，在那里前后调研数月，拿出了一份"一帮一"灾后乡村家园重建计划。

何志毅的这个重建计划不是简单的慈善捐款活动，它是一个经过仔细设计的、带有强烈学术特征的援助方案。它的核心内容

是：发动一个城市家庭以1万至2万元的无息借款，帮助一户受灾家庭重建倒塌的房屋，受助家庭在5年内逐年还清这笔借款。出借人、借款人需签订借款协议，而方碑村的村委会则作为第三方担保。根据协议，借款农民必须承诺专款专用于灾后房屋重建，在借款时自愿将自家的宅基地土地使用证和新建房屋房产证抵押给村委会，如果不能按时还款，愿意把自家的可耕田地全部上交村委会管理，直到还清借款。此外，村民之间还签订了"五户联保"的约定。

何教授设计的这个协议，跟2006年诺贝尔和平奖获得者穆罕默德·尤努斯在孟加拉国搞乡村银行的制度设计有异曲同工之处。他的"五户联保"约定直接来自于尤努斯的启发。乡村银行就是让穷人结成五人小组进行贷款，利用一层层的信任——邻里亲朋的信任、银行对穷人的信任——提高还贷率。"一帮一"重建计划不仅仅是简单的扶贫，而是立足于重造农民的生产自救能力，建立城市借贷者与乡村承借者的经济契约关系，并通过建立乡村信用的方式来维持其可行性。他在方碑村调研时发现，虽然村民受了灾，但他们都是有自尊的人，他们更能接受"借"，而非"给"。何教授对我说："那些愿意借款的城里人大概都不会想要把钱拿回去，所以，5年后，农民还回的钱将成为方碑村的共同建设基金。"这真是一个很天才的想法。

在中国的经济学界，何教授一向以行动力出名，这一次的方碑村重建也完全有赖于他的奔忙与鼓动。他在自己主编的杂志中刊登了一份恳请信，信中说："我恳请我的朋友、我的学生、我演讲的受众、我的书和文章的读者，恳请你们参加'一帮一'灾后乡村家园重建计划的方碑村试点……我恳请你们，还因为他们是中国最基层的人群，其实我们所有人的祖先都是农民，我们只是先进城了一步；还因为，中国计划经济造成的城乡二元结构至今仍未改变，其实我们城里人在某种程度上都亏欠着农村人。有人说，农民借了钱不会还，我相信他们一定会还。如果有人不还，我可以替他还，但我相信这种情况不会发生。"

在大半年时间里，跟何教授一起奔波此事的还有：南开大学的白长虹教授，北京大学的王立彦教授、张红霞教授、王其文教授、张俊妮教授以及上海交通大学的颜世富教授。

而我则作为何教授的前同事——我曾在他主掌北大企业案例研究中心时，受聘担任过一段时间的中国企业史研究室主任，自然成为他广泛招揽的捐助人之一，我认捐2万元，收到了一份红色的聘书——这也许是我收到的最特殊、也最可骄傲的证书：方碑村的村民委员会聘请我为荣誉村民。

2009年的1月22日，由这个计划援建的首批永久性农房举行了交付仪式，我带着太太和女儿一起前往方碑村见证这一时刻。在教授们的努力下，有170多人成为方碑村重建计划的借款者，受益农民215户。

在方碑村，我第一次见到了对口援助的周开洪。他是一位1966年出生的农民，在大地震中，房子和农田被彻底摧毁，幸好家人无恙，但已一贫如洗。在政府帮助新建的临时砖瓦房里，仅一张破旧的四角方桌、两床老棉被而已。他的儿子周强将在这年参加高考，但是一切的经济来源已全部丧失。我太太当即答应，每年再捐助1万元学杂费，直到周强学业结束为止。老周是一个极其不善表达的人，讲着一口难懂的绵阳方言。

后来的几年里，各人的生活如同方碑村前的那道江水，在自己的河床里平静地流淌着。

何志毅在绵阳招募了两位年轻的志愿者，联络方碑村和各位捐助人，每年通报重建和资金使用情况。到2013年，"一帮一"重建计划的还款日到期，100%的方碑村农民按协议交还了借款，而100%的捐助人又承诺将所有资金滚动投入于方碑村的新一轮乡村建设。

精力旺盛、不肯消停的何志毅教授也离开了上海交大，他回到家乡福建，在那里平地起家，筹办新华都商学院。他在2008年发起干了一件那么漂亮的事，它很平凡，很渺小，对世事的改变也很缓慢，但真是这个国家少有的美好事物之一。

周开洪的新房子在自己的宅基地上建成了，他养猪、养鸭，在滩涂地上种花生，日子渐渐富足了起来。周强顺利完成了4年的大学学业，辗转在成都、长沙及贵阳一带打工，有一年还把腿摔断了，弄得大家一阵紧张，现在，小伙子是深圳一家科技公司在湖南和贵州的销售代理。

从2010年起，每临春节，老周就会往杭州寄土产，全是自家地里种养的东西。他还用上了智能手机，2014年秋天，我去四川讲课，突然接到他的电话，还是那口难懂的绵阳方言，声音很大却听不太清楚："你啥时候再来方碑村看看呀，村口的大桥快要通车了。"

此刻，是2015年2月18日，很快就要过大年夜了。周开洪寄来的腊肠和酱鸭被挂在了阳台上，又重又丑，却让人心生温暖。

此刻，是2015年2月18日，很快就要过大年夜了。周开洪寄来的腊肠和酱鸭被挂在了阳台上，又重又丑，却让人心生温暖。

岛上杨梅初长成

一个区域的自然生态环境遭到破坏，还有可能通过科技和保护的手段使之得到恢复，而人文生态的败坏则可能需要一代乃至两代人的更替才会修复。

初夏，岛上的杨梅第一次有收成。累累的果实挂在繁茂的树上，煞是喜人，摘下来吃一颗，酸酸甜甜的到了心里。不过在外形上，杨梅的个头比较小，也不是特别的紫。立即就有杨梅行家指点我一种"新技术"：福建一带的杨梅，都在喷洒一种农药，可以让杨梅早熟，而且个大发紫。

问：会有副作用吗？

答：绝对吃不死人，但绝对能卖出好价钱。

那种杨梅我尝过，个头比较大，紫得让人垂涎，不过就是不够甜，没有杨梅应有的新鲜味。说白了，那是一种"造假科技"。

关于这种农产品造假科技，我还收集到很多：给陈大米抛光涂上工业油，能卖个新米的好价钱；荔枝要保持看上去新鲜，可以用硫酸泡一泡；往油条里掺入洗衣粉，可以少用面粉而使油条炸得肥大好看又好卖；猪饲料里掺上瘦肉精，猪可以长得快而且瘦肉多；在质次的沤黄米米粉中掺入有毒的甲醛次硫酸钠，可以做成洁白晶亮的"上等"米粉；用工业酒精兑上水，当白酒卖，简便又赚钱；在面粉里掺上廉价的滑石粉，既增加了分量，又使面粉雪白好看又好卖；给猕猴桃施"膨大剂"使其增大，价格翻番；用硫黄可以把陈年的白木耳熏得更白；用化学添加剂可以把劣质茶叶炒出顶级毛峰的效果来，经济效益陡增十几倍；撒泡尿把桃、杏泡上，个沉又漂亮，价钱自然就上去了……

据我的了解，这些"技术"正普遍地应用于很多的农产品集散地，往往是一个区域的农民集体参与到这种制假造劣的活动中。所有的人都清楚地知道，他们的做法将产生怎样的后果，将给社会和消费者带来怎样的伤害，但是，出于利益上的需要，每个人都将最起码的道德制约抛之脑后。某些基层政府甚至成为这种集团犯案的保护伞和牟利共犯。在过去的几年里，发生在全国各地的伪劣产品制造已经到了令人发指的地步，几乎所有的日常食品都曾经遭遇"毒事件"，从阜阳奶粉杀人事件到福建蟹喂食避孕药，再到"毒大米"、"有毒龙口粉丝"、"有毒四川泡菜"、"有毒广州白酒"，以及伪劣月饼、火腿、瓜子、盐、黄酒、酱油、方便面和蘑菇，不一而足。你几乎找不到一种没有被恶性染指过的"干净的食品"。

在中国农民的传统伦理思维中，对粮食——包括所有农作果实的珍视是所有道德的起源。但是，当一些农民为了把价格卖高一点，开始麻木地把有毒物质倒进自己耕作出来的大米的时候，我们已经无法回避"乡村商业生态败坏"这个事实了。也许，在史学家的眼中,这是一个前所未见的可怕事实。

我有时候真的很为这个时代担忧。当个人致富成为一个时代和区域唯一的道德指标的时候,社会道德基础的败坏便很难避免,特别是在公共教育本来就非常滞后的广大农村地区,其不择手段的致富方式渐渐衍变成一场"法不责众"的低劣游戏。

我调研过的、最匪夷所思的乡村经济案件,发生在温州最贫穷的一个县。20世纪90年代初,当地农民向全国各地的国营企业投递信函,订购各种各样的二手机械设备,这些设备到了泰顺后,当即被就地倒卖。然后,那些农民就去报纸上用假名刊登死亡讣告,等那些外地企业追上门来讨债的时候,就有人哭丧着脸把讣告拿给他们看:人都死了,向谁催债?就这样,一个村庄的农民全部参与了这场很诡异的诈骗游戏,当地还因此形成了浙南最大的二手机械设备交易市场。

记得在那次调研中,我曾经问过当地的一位乡镇干部:你们知道这种行为是犯法和不道德的吗?那个干练的乡长指着身后一幢幢正在建造中的农民新房,坚定地对我说:"我觉得,天底下最大的道德,就是让我贫困的家乡富裕起来。"我不知道怎样回答他。那一刻,我突然对商业社会中某些很坚硬的价值观产生了怀疑。

"铜钱滚至,纯朴尽失",这真的是无法规避的宿命吗?要知道,一个区域的自然生态环境遭到破坏,还有可能通过科技和保护的手段使之得到恢复,而人文生态的败坏则可能需要一代乃至两代人的更替才会修复。这些年,行走在广袤的中国乡村,目睹一块块稻田消失,一个个工厂立起,一条条河流浑浊,一栋栋新房建起,一道道目光日趋冷漠,我常常会迷失在关于中国乡村未来的思考中。这真的已经不再是唐诗宋词中的那个乡村了，也不再是费孝通笔下的那个乡村了，更不是毛泽东理想中的那个乡村了，它日日激变，非常的陌生，而且充满了种种不确定性。

　　岛上杨梅初长成。在随风沙沙作响的杨梅树旁，听农事专家向我介绍让杨梅发紫的"新技术"，我是一个好奇而惊恐的新农民。

吴晓波 提供

岛上杨梅初长成。在随风沙沙作响的杨梅树旁，听农事专家向我介绍让杨梅发紫的「新技术」，我是一个好奇而惊恐的新农民。

把生命
浪费在
美好的事物上

去日本买只马桶盖

世上本无夕阳的产业，而只有夕阳的企业和夕阳的人。由量的扩展到质的突围，正是中国制造的最后一公里。

今年蓝狮子的高管年会飞去日本冲绳岛开，我因为参加京东年会晚飞了一天，飞机刚落在那霸机场，看朋友圈里已经是一派火爆的购物气象：小伙伴们在免税商场玩疯了，有人一口气买了6只电饭煲！

到日本旅游，顺手抱一只电饭煲回来，已是流行了一阵子的"时尚"了，前些年在东京的秋叶原，满大街都是拎着电饭煲的中国游客。我一度对此颇为不解："日本的电饭煲真的有那么神奇吗？"就在一个多月前，我去广东美的讲课，顺便参观了美的产品馆，它是全国最大的电饭煲制造商，我向陪同的张工程师请教了这个疑问。

工程师迟疑了几秒钟，然后实诚地告诉我，日本电饭煲的内胆在材料上有很大的创新，煮出来的米饭粒粒晶莹，不会黏糊，真的不错，"有时候我们去日本，领导也会悄悄地让我们拎一两只回来"。

"我们在材质上解决不了这个问题？"

"现在还没有找到办法。"

美的创办于1981年，从1993年开始生产电饭煲，它与日本三洋合作，引进模糊逻辑电脑电饭煲项目，逐渐成为国内市场的领先者。近些年来，随着市场占比的反转，竞合关系发生微妙改变，日本公司对中国企业的技术输出变得越来越谨慎，"很多拥有新技术的家电产品，不但技术对中国企业封锁，甚至连产品也不外销，比如电饭煲就是这样"。

也就是说，很多年来，"中国制造"所推行的、用"市场换技术"的后发战略已经失效了。

这样的事情并不仅仅发生在电饭煲上，从这些天蓝狮子高管们的购物清单上就可以看出冰山下的事实——

很多人买了吹风机，据说采用了纳米水离子技术，有女生当场做吹头发试验，"吹过的半边头发果然蓬松顺滑，与往常不一样"。

很多人买了陶瓷菜刀，据说耐磨度是普通钢的60倍。"切肉切菜那叫一个爽，用不到以前一半的力气，轻松就可以把东西切得整整齐齐了。"

很多人买了保温杯，不锈钢真空双层保温，杯胆超镜面电解加工，不容易附着污垢，杯盖有LOCK安全锁扣，使密封效果更佳，这家企业做保温杯快有100年的历史了。

很多人买了电动牙刷，最新的一款采用了LED超声波技术，重量比德国的布朗轻一半，刷毛更柔顺，适合亚洲人口腔使用……

最让我吃惊的是，居然还有3个人买回了5只马桶盖。

这款马桶盖一点也不便宜，售价在2000元人民币左右，它有抗菌、可冲洗和座圈瞬间加热等功能，最大的"痛点"是，它适合在所有款式的马桶上安装使用，免税店的日本营业员用难掩喜悦的神情和拗口的汉语说："只要有中国游客团来，每天都会卖断货。"

冲绳的那霸机场，小且精致，规模相当于国内中等地级市的机场，蓝狮子购物团的30多号人涌进去，顿时人声鼎沸。不多时，在并不宽敞的候机大厅里，便满满当当地堆起小山般的货品纸箱，机场的地勤人员大概已然习惯，始终面带笑容、有条不紊，这样的场景大抵可以被看成是"安倍经济学"的胜利，也是"日本制造"的一次小规模逆袭。

过去20多年里，我一直在制造界行走，我的企业家朋友中大半为制造业者，我眼睁睁地看他们"嚣张"了20年，而今却终于陷入前所未见的痛苦和彷徨。

痛苦之一，是成本优势的丧失。

"中国制造"所获得的成就，无论是国内市场还是国际市场，就其核心武器只有一项，那便是成本优势，我们拥有土地、人力、税收等优势，且对环境保护无须承担任何责任，因此形成了制造成本上的巨大优势。可如今，随着各项成本的抬升，性价比优势已薄如刀片。

痛苦之二，是渠道优势的瓦解。

很多年来，本土企业发挥无所不用其极的营销本领，在辽阔的疆域内构筑了多层级的、金字塔式的销售网络。可如今，阿里巴巴、京东等电子商务平台把信息流和物流全数再造，渠道被彻底踩平，昔日的"营销金字塔"在一夜间灰飞烟灭。

痛苦之三，是"不变等死，变则找死"的转型恐惧。

"转型升级"的危机警报，已在制造业拉响了很多年，然而，绝大多数的局中人都束手无策。近年来，一些金光闪闪的概念又如小飞侠般地凭空而降，如智能硬件、3D打印、机器人，还有什么"第四次工业革命"，这些新名词更让几乎所有50后、60后企业家半懂不懂、面如死灰。

若以这样的逻辑推演下去，一代制造业者实已踏在万劫不复的深渊边缘。

可是，站在那霸机场的候机大厅，面对小山般、正在打包托运的货箱，我却有了别样的体会。

其实，制造业有一个非常朴素的哲学，那就是：

做电饭煲的，你能不能让煮出来的米饭粒粒晶莹不粘锅；

做电吹风的，你能不能让头发吹得干爽柔滑；

做菜刀的，你能不能让每一个主妇手起刀落，轻松省力；

做保温杯的，你能不能让每一个出行者在雪地中喝到一口热水；

做马桶盖的，你能不能让所有的屁股都洁净似玉，如沐春风……

从电饭煲到马桶盖，都归属于所谓的传统产业，但它们是否"日薄西山"、无利可图，完全取决于技术和理念的创新。在这个意义上，世上本无夕阳的产业，而只有夕阳的企业和夕阳的人。

陷入困境的制造业者，与其求助于外，到陌生的战场上乱碰运气，倒不如自求突破，在熟悉的本业里，咬碎牙根，力求技术上的锐度创新。由量的扩展到质的突围，正是中国制造的最后一公里。

我的这些在冲绳免税店里疯狂购物的、年轻的蓝狮子同事们，大概都算是中国当今的中产阶层，是理性消费的中坚，他们很难被忽悠，也不容易被广告打动，他们当然喜欢价廉物美的商品，不过他们同时更是"性能偏好者"，是一群愿意为新技术和新体验埋单的人。这一类型消费者的集体出现，实则是制造业转型升级的转折点。

"中国制造"的明天，并不在他处，而仅仅在于——能否做出打动人心的产品，让我们的中产家庭不必越洋去买马桶盖。

蓝狮子"购物团"
吴晓波 提供

世上本无夕阳的产业，而只有夕阳的企业和夕阳的人。由量的扩展到质的突围，正是中国制造的最后一公里。

把生命
浪费在
美好的事物上

拒绝转型的瑞士钟表匠

> 所谓的商业之美，就其本质而言，是人们对自然与物质的一种敬畏，并在这一敬畏之上，以自己的匠心为供奉，投注一生。

侏罗山脉汝拉山谷在瑞士西南部，毗邻法国普罗旺斯地区，人类学家在此地发现过恐龙化石，因此将这一阶段称为侏罗纪。17世纪初，苏黎世等城市的钟表匠避难于此，因而渐渐成为欧洲最著名的表匠聚集地，竟而构成一种"血统"。2014年4月，我受邀到巴塞尔（尼采在这里的大学当过教授）参加第62届钟表展，之后专门到汝拉山谷去"朝圣"。

汝拉山谷呈狭长状，宽仅数百米，长十余公里，内有一个雪山大湖，坡顶小屋遍布四野，一眼望去，是一个完全不起眼的瑞士村庄。出生于汝拉山谷的青年人有九成以上加入钟表学校学习技艺。钟表的工种有40多个分工，渐渐地形成一个制造生态。当今的世界级豪表中，爱彼、宝珀、宝玑以及江诗丹顿等都在此地设有工厂，超过一半的豪表机芯出产于此。

瑞士是一个山地小国，几无任何独有的矿产资源，却成为全球最富有的国家，其国民性格自然是原因之一。在欧洲诸族中，瑞士人以固执死磕出名。中世纪时，瑞士人贫穷潦倒靠当雇佣兵谋生。1527年5月6日，德国和西班牙军队进攻罗马教廷，守卫教皇的各国雇佣兵全都鸟兽散了，只有瑞士人留下拼死护卫圣彼得大教堂，189人仅有42人生还，后来梵蒂冈教皇只保留一支私人武装，那就是著名的瑞士侍卫队。自此，瑞士人以忠诚和专注闻名。这两个国民性格也强烈地渗透到商业领域，瑞士的银行业和钟表业独步天下，应该得益于此。

钟表业是前工业革命时期最为精密的手工业，无任何自然资源的瑞士人在这一巴掌大的天地里死磕硬磨，硬是开出一片自己的江山。19世纪中叶至20世纪初是瑞士高档钟表业的黄金时代，萧邦、伯爵、百达翡丽、爱彼、名士、劳力士、茨尼特等一批耀眼的品牌相继创业奠基，构成瑞士高档钟表生产的主力。这一次到巴塞尔和汝拉山谷，引起我极大兴趣的，除了瑞士表的精湛工艺，更有一个颇可以拿到商学院课堂上去分享的故事：在过去的30年里，瑞士表是如何抗击了日本表的冲击。

20世纪70年代，同样以固执死磕、忠诚专注著称的日本人发明了石英手表，它以超级的廉价和轻便优势，对传统的机械表构成致命的打击。在短短的六七年里，瑞士钟表遭遇了一场灭顶之灾，其产量在全球的比例从45%陡降到15%。一度，有上千家手表工厂倒闭，超过10万名钟表工人失业，这对于只有700万人口的瑞士来说实在难以承受，几乎所有的人都认为瑞士手表——特别是机械表的末日已经降临。

然而，在经历了20多年的艰难转型之后，瑞士手表居然奇迹般地走出了低谷，甚至迎来了前所未有的新繁荣时刻。在当今的世界级豪表名单上，几乎清一色是瑞士人的天下。这正是我此次瑞士之行试图揭开的谜团。

简单归纳，瑞士人做到了三点。

其一，拒绝转型，专注升级，坚持制造手工机械表。

20多年里，瑞士钟表工厂偏执于机械表的功能升级创新，开发出诸多极其复杂的工艺，譬如升级版的陀飞轮、卡罗素、万年历、月相、两地分时，甚至专门为中国市场开发出了中华月历表。在珐琅工艺、深潜防水、金属表面处理等方面，瑞士人利用当代最先进的新材料进行了革命性的创新。在机芯工厂（Manufacture）里，我们看到很多独有的模具。据介绍，它们都是当地工匠自主研发而成的，每一个模具的价值约为3万到20万瑞士法郎。机芯工厂拥有超过10万架模具，这在无形中构成了一道长长的"技术护城河"，让其他国家的钟表工厂望尘莫及。瑞士机械表的精密度越来越高，在宝珀公司，有一款名为"1735"的机械表，内有744个零件，最小的细如毫发，一位顶级表匠全心投入，一年只能制造出两只。

其二，强势资本并购，形成超大型钟表集团。

随着数以千计的中小型表厂的破产，瑞士人展开了大规模的同业并购。1983年，瑞士钟表工业公司（ASUAG）和瑞士钟表总公司（SSIH）率先合并，并于1998年易名为斯沃琪集团（Swatch Group），旗下拥有欧米茄、雷达、浪琴、天梭、卡文克莱、雪铁纳、美度、哈米尔通、皮巴曼、斯沃琪等手表品牌，同时拥有自己的装配系统生产企业、钟表机芯生产企业以及纽扣电池厂等多家配套生产企业，迄今已成为当今世界最大的钟表工业集团。

此次邀请我赴瑞士考察的宝珀公司诞生于1735年，是瑞士最早注册品牌的机械表。它也是在1983年正式并入瑞士钟表总公司的。到2010年，斯沃琪集团将汝拉山谷里最大、也是最先进的机芯工厂FP更名为宝珀机芯工厂（Manufacture Blancpain），归于宝珀旗下，由此让这一古老品牌形成了新的核心竞争优势。

到今天，瑞士形成了斯沃琪、劳力士、Vendome三大钟表集团，控制全球八成的豪表品牌和生产能力。

其三，实施全球化品牌战略，引领世界奢侈品消费浪潮。

从20世纪70年代到80年代，在美国和日本的强力压迫之下，欧洲制造业在成本控制和效率提升两方面几乎完败，以至于众多行业分崩瓦解，相反，一些传统行业，譬如服装、钟表、化妆品等则守正出奇，以文化为背靠，蹚出一条高附加值的品牌营销之路。90年代之后，这些老枝新发的品牌进一步开拓全球市场，特别是彻底地激活了中东和东亚市场。在钟表领域，我们目前所熟知的豪表品牌几乎都是这一轮全球化营销的结果。那些跟上了潮流的，焕然一新；那些固守于既往的，则销声匿迹。

瑞士手表这一段绝地复活的历程，颇可以为当今中国制造业所借鉴。

行走于侏罗山脉汝拉山谷，在寂静的机芯工厂参观考察，屋内是一个个坐在特制高桌前埋头打磨的工匠，窗外是几百年风景不变的瑞士高山草甸，而从这个偏僻村庄生产出来的手表在不久后将被陈列在世界各地最昂贵的橱柜里，穿戴在那些趾高气扬的时尚人士的手腕上，联想起这些，让人有一种很奇特的穿越感。这种感觉，我在硅谷的那些简洁明亮的咖啡馆里有过，在日本京都的那些低矮洁净的器皿小店里有过。所谓的商业之美，就其本质而言，是人们对自然与物质的一种敬畏，并在这一敬畏之上，以自己的匠心为供奉，投注一生。

行走于侏罗山脉汝拉山谷，在寂静的机芯工厂参观考察，屋内是一个个坐在特制高桌前埋头打磨的工匠，窗外是几百年风景不变的瑞士高山草甸。

与梁文道（右一）在侏罗山脉汝拉山谷宝珀机芯工厂
吴晓波 提供

把生命
浪费在
美好的事物上

知道鹿晗的请举手

鹿晗们的造星路径，与以往的大众偶像明星有很大的不同：首先，他们是社交运动的产物；其次，他们代表了圈层消费的兴起。

一

2014年10月底，我接到百度的电话，请我去领一个奖。

每年年底，他们会对各领域中的品牌和人物进行一次大数据搜索，做出一个"品牌数字资产排行榜"，根据"跑"出来的数据，我在财经作家一项中得了第一。11月初，我赶到上海去参加颁奖盛典，到高铁站来接我的是百度搜索市场部的小白，他一见到我，问我的第一句话是："吴老师，你知道鹿晗吗？"

我不知道。

小白是个80后，之前也不知道。

百度在对2014年度"男星数字品牌资产"一项进行大数据计

算的时候，根据数字内容量、关注度、参与度三大维度的综合评估，鹿晗这个名字从数以千计的明星中脱颖而出，名列第一。

用小白的话说："他是自己从大数据里跑出来的。"

接下来让小白和他的同事们吃惊的事情继续发生，当百度在新浪微博公布这个结果后，短短一周内，这条信息的阅读量居然高达1.2亿条次。在北京举办的另一场颁奖盛典上，现场几乎被上千名鹿晗粉丝"占领"，门票被黑市炒到5000元一张。

二

"知道鹿晗的请举手。"

11月以后，鹿晗这个名字出现在我的讲课PPT里。

来听我课的基本上是企业家或青年创业者，年龄跨度从50后到80后，可谓是当今商业世界的主流势力。

我会先放出鹿晗的照片，然后问现场的同学们，有没有人认得他是谁。

坦率地说，无论是五六十人的MBA课堂，还是一两千人的大讲坛，举手的人从来没有超过5%。而同时，在不同的小角落，则会发出年轻的惊呼和笑声，这好像是一个"暗号"，瞬间达成了某种默契。

我接着会告诉大家一个戏剧性的比较：

在新浪微博上，演员姚晨是公认的、粉丝最多也是最活跃的"微博女王"，她的粉丝数多达7710万。在2014年，曾有人爆料她与前男友结交时的一些劲爆情事，当时，在她的微博下留言的评论达40余万条，已是十分惊人的数字。

可是，就是这位绝大多数90后以前的人都不太熟悉的少年，在8月19日发出的一条新浪微博，单条评论数达1361万条，创下吉尼斯世界纪录。在他的微博回帖中，超过50万条次的比比皆是。

这是一个正在发生的、非常有趣的事情：一种新的互联网造星模式开始冲击中国的娱乐经济。

三

2月9日，我见到了这位让我好奇的少年人。

去见鹿晗前，我还特地做了一番功课。

先是买了一本2015年2月期的《ELLE》，上面有他的一个独家封面专访，接着去网易云音乐下载了他的几首歌曲，再是请百度搜索市场部把他们"跑"出来的大数据发我一份。

见面是在北京柏悦酒店。当鹿晗从我的身后突然"漂移"出现的时候，还是让我有点小小的吃惊，他穿着一件蓝灰色的夹克，头上扣着一顶褐色棒球帽，下面是一张十分精致的、东方少年的脸。

"太漂亮了。"这是我旁边的一位90后小姑娘的第一声惊叹。

鹿晗坐在我面前，就是一位干干净净的邻家男孩。他显得很有礼貌，这应该是韩国式礼仪教育的结果，在几个小时的交流中，他对感兴趣的事情会表现得很兴奋，微张着嘴，像一块纯净的海绵。

他出生于1990年，是一个土生土长的北京人，父亲是军人，因此他的身上貌似也有一份英爽气。他从小酷爱足球，踢前锋，是曼联队的死忠粉，中学时率领年级球队夺得学校足球比赛冠军。2010年赴韩国读大学，在马路上被SM公司的星探发现，从此步入娱乐界。

2012年，鹿晗出道，担任偶像团体EXO乐队的主唱，迅速爆红。2014年，鹿晗与SM解约，归国发展。上月，他参与主演的《重返20岁》在国内院线公映。据确切的消息，几天后，他还将出现在中央电视台的春晚上。

从大数据的角度看，鹿晗不是一个独立事件。

在2015年2月的男明星搜索指数排行榜上，排名第一的是热门电视剧《何以笙箫默》的男主角钟汉良，排名第二的是鹿晗，新婚不久的周杰伦则排在了第六。在年度人气王的指数中，鹿晗排名第一，为2.59亿，成名多年的杨幂则为8277万。

四

鹿晗，以及90后明星的集体跃起，是2014年的一个公共文化现象。

他们被称为"小鲜肉"，这是一个很歧义的互联网名词，与年轻、欲望、男色时代有关。

与他们有关的另外一个网络名词是"二次元"，即他们的造型及行为模式与动漫世界里的虚拟人物丝丝相扣。

鹿晗们的蹿红，让主流时尚界颇有点措手不及。

按往常的惯例，全球顶级的女性时尚杂志不会选择男星为封面人物，然而，在2015年的2月份，中国最重要的两本女性时尚杂志的封面，分别出现了两张90后男星的面孔。《ELLE》选中的是鹿晗，《芭莎》选中的是吴亦凡。

"这真的不是互相通气，是不约而同！"芭莎发行人苏芒一字一顿地对我说。2月9日，这位在时尚界浸淫了20多年的"教母级女魔头"，与我一起见鹿晗。

鹿晗们的造星路径，与以往的大众偶像明星有很大的不同。

首先，他们是社交运动的产物。

过往的明星制造路径，基本上延续了演艺产品——大众媒体关注——话题营销的三部曲。可是鹿晗们则大大缩短了发酵的过程，他们首先是在社交媒体里实现精准粉丝的聚集，而其渠道则是贴吧、QQ群、微信朋友圈、微博名人排行榜，等等。在形成了相当的粉丝群体后，再反向引爆大众媒体。这一路径颇似几年前的"小米模式"。在这一生态中，明星与粉丝达成了直接的沟通关系，原有的经纪、代理模式很可能被抛弃。

其次，他们代表了圈层消费的兴起。

从表象上看，鹿晗们的流行与很多年前的小虎队非常近似，可是，实质则有很大的差异。当年的小虎队走的是大众消费的路径，一夜成名，举国男女老幼皆知。而鹿晗们则较长时间发酵于特定的属性人群中，即便在某一圈层中已俨然成"神"，可是圈层之外的人却完全无感。

也就是说，鹿晗粉丝圈的内向性很强，族群特征更鲜明，甚至与之前的"玉米"相比，更具有纪律性。明星能够展现才艺的空间也变得空前的跨界多元，与此同时，其流行的生命周期将变窄，对其他圈层的渗透力则有待考验，这应该是未来的互联网明星或互联网商品的基本特征。

小众消费、圈层经济、跨界营销，这些在电子商务领域已然耳熟能详的名词，显然已经"入侵"到了娱乐时尚界，它们将可能再造娱乐产业链中的每一个环节。

五

告别鹿晗，看着他压低帽檐，与中学同学"老高"一起消失在冬夜北京的薄雾中。

我问苏芒，她正赶着要去参加好闺蜜章子怡的一个派对："你怎么看鹿晗？"

苏芒说："他们看上去很熟悉，但实际上很陌生。"

图片来源：CFP

看上去很熟悉，但实际上很陌生。」

我问苏芒：「你怎么看鹿晗？」苏芒说：「他们

我为什么从来不炒股

中国股市的标配不是价值挖掘、技术创新、产业升级，而是"人民日报社论＋壳资源＋并购题材＋国企利益"。

2014年12月5日，沪深两市的股票交易突破1万亿元天量。那天，我在上海出差，看到朋友圈里如瀑布般的惊呼后，我到盥洗室洗了一把冷水脸，然后问镜子里的自己：你动心了？在确定答案是否定的之后，我打开电脑，写下这篇文章的标题。

几天后的12月9日午后，当我正为此文写下最后几段文字的时候，沪指暴跌5.43%，失守2900点，两市交易量突破1.2万亿元。

在这种充满了戏剧性的时刻，我的心里既无侥幸，也无悲喜。因为，正如标题所示：我从来不炒股。

如果我说中国股市从诞生的第一天起就是"怪胎"，也许没有人会反对。

上海和深圳的两个交易所分别成立于1990年年底。始创之初，制度构建十分粗鄙，几乎没有顶层设计，第一批上市的公司大多为华东及华南两地的地方中小公司，沪市的所谓"老八股"中好几家是注册资本在50万元的区属企业。1992年8月，深圳发生120万人争购股票认购证事件，场面火爆失控，政府被冲，警车被砸，北京在失控中发现了一个"超级大油田"。两个月后，证监会成立，股票发行权逐渐上收，至1997年，两所划归证监会统一监管。在这一时期，决策层形成了一个非常诡异的战略设计：中国资本市场应该为国有企业的脱困服务。大量陷入困境的国企"搓泥洗澡"，打扮成"白富美"的样子被挂到了市场上，有一位叫张化桥的香港证券分析师甚至认为，当时的国企上市很少有不在财报上动手脚的。

那些"白富美"在财务报表上打扮得很漂亮了，但体制和制度几无改变，掀开假面，当然不堪一睹，在上市数年之后，企业很快再度陷入泥潭，成为所谓的"壳资源"。这时候，在二级市场上就出现了狙击手，他们被叫作"庄家"。庄家们通过低价收购未流通的"内部职工股"，成为这些企业的实际控制人，然后在二级市场上大兴波澜。1999年5月19日，沉寂多年的股市突然井喷，构成"5·19行情"，一些从来名不见经传的企业，如亿安科技、银广厦、中天科技，等等，忽然日日狂涨，激荡得人人心旌荡漾，在它们的背后则是庄家们的贪痴狂欢。

当时，庄家对股价的控制几乎达到随心所欲的地步，我在《大败局2》中曾记录这样一个细节：2000年2月18日，当时第一大庄家、中科创业的实际控制人吕梁新婚大喜，他的操盘手们用"科学而精密"的手法控制股票起伏，硬是让中科创业的收盘价恰好停在了72.88元。操盘手们用自己的方式给老板送上一份别人看来瞠目结舌的礼物。

及至2001年1月，经济学家吴敬琏将中国股市直接比喻为赌场，甚至认为前者还不如后者有规矩："赌场里面也有规矩，比如你不能看别人的牌。而我们的股市里，有些人可以看别人的牌，可以作弊，可以搞诈骗。坐庄、炒作、操纵股价可说是登峰造极。"吴敬琏进而揭示了中国股市的制度性缺陷："由于管理层把股票市场定位于为国有企业融资服务和向国有企业倾斜的融资工具，使获得上市特权的公司得以靠高溢价发行，从流通股持有者手中圈钱，从而使股市变成了一个巨大的'寻租场'，因此必须否定'股市为国企融资服务'的方针和'政府托市、企业圈钱'的做法。"

吕梁等第一代庄家折戟于2001年春季之后的一次股灾，随之出现了以德隆唐万新等人为代表的第二代庄家，他们的手笔越来越大，高举混业经营的旗帜，动辄以并购题材拉抬股价，靠高额民间吸资来构筑资本平台，用唐万新自己的话说，"用毒药化解毒药"，最终在2004年的另一次股灾中玉石俱焚。

在此后的岁月中，如吕梁、唐万新这种招摇于台面之上的著名庄家似乎减少了，但是，庄家文化确乎从来没有消亡，他们开始隐身于各个证券营业所，以"地下敢死队"的身份继续战斗，而吴敬琏所总结的股市特征似乎也并没有得到根本性的改观。

2007年前后，我曾在第一财经的《中国经营者》栏目当过一段时间的主持人，为了探寻上市公司的真相，我特意选择了五六家股价表现非常优异的公司作样本调查——其中就包括前段时间爆出丑闻的獐子岛。我到这些公司实地考察、访谈董事长、查阅公司业绩及股价波动，结果得出了一个并不出乎我预料的结论：这些公司的业务波动，与它们的股价波动，几乎没有任何的对应关系。在一家公司，我问董事长："为什么你们的股价最近震荡很大？"他请摄像师把镜头关掉，然后很小声而体己地对我说："因为这几天券商在换手，换手的成本价是12元。吴先生，你可以在这附近进一点货的。"

这就是我从来都不炒股的原因：

——这个股市从诞生的第一天起就是"怪胎"，它从来为国有企业——现在叫蓝筹股服务，为国家的货币政策背书，纽约证券交易所的墙上写着一句话："保护小股东的利益就是保护了所有股东的利益。"此言在我国股市是一个错误。

——这个股市里的企业从来没有把股价视为公司价值的晴雨表，因此，信奉巴菲特"价值投资"理论的人从来没有在这里赚到过一分钱。相反，它是"秃鹰们"的冒险乐园。米兰·昆德拉曾经写道："事情总比你想象的复杂。"在中国股市发生的那些故事，谜底总比你想象的还要阴暗。

——这个股市的基本表现，不但与上市公司的基本表现没有关系，甚至与中国宏观经济的基本表现也没有关系，它是一个被行政权力严重操控的资本市场，它的标配不是价值挖掘、技术创新、产业升级，而是"人民日报社论＋壳资源＋并购题材＋国企利益"。

在2014年四季度以来的这轮股市大波澜中，上述特征不但没有得到改善，甚至有些股票的表现更证明了"劣币"的能力，很难想象，一个正常的投资者可以在这样的环境中作出理性的投资决策。

罗伯特·希勒在《金融与好的社会》一书中这样写道："金融应该帮助我们减少生活的随机性，而不是添加随机性。为了使金融体系运转得更好，我们需要进一步发展其内在逻辑，以及金融在独立自由的人之间撮合交易的能力——这些交易能使大家生活得更好。"

我为了让自己生活得更好，不得不远离充满了随机性的中国股市，然后，写下这篇不合时宜的文章。

如果我说中国股市从诞生的第一天起就是「怪胎」，也许没有人会反对。

沈煜 摄

被泡沫毁坏的人生

我们都是泡沫的制造者，我们也是泡沫的获益者，同时，我们也可能是泡沫要毁灭的那个人生。

今天说说泡沫。

什么是泡沫？在日常生活中，你很容易回答。可是在商业界，这却是一个没有标准答案的问题。比如，当今中国的经济有没有泡沫？房价有泡沫吗？股市有泡沫吗？人民币有泡沫吗？高铁建设有泡沫吗？互联网有泡沫吗？

你可以说，莫非中国的经济学家们都是一群"白痴"，连泡沫也整不清楚？他们真是整不清楚。这不怪他们，因为全世界的经济学家都整不清楚。

比如当过美联储总裁的格林斯潘，各位听说过吧？他够"老奸巨猾"的了，可是，连他也不知道什么是泡沫。他说，泡沫不破灭就没法知道那是泡沫。

　　比如上海的房价，从2000年前后的5000来元一平方米，涨到了3万多一平方米，够夸张的了。读到这篇文字的白领朋友，你如果每月有2万元收入，想买一套百来平方米的房子，恐怕每天只靠呼吸空气就活下来，也起码得存15年的钱。一般的人，都说那是相当的"泡沫"了。

　　可是，也有"二般"的人不这么认为。他告诉你一个数据，在2000年前后，中国的广义货币总量M2，是11万亿元左右，那么，到2015年的1月是多少呢？124万亿元。也就是说，现在的钱比12年前多了整整12倍，15年前1块钱的购买力相当于现在的12块多钱。你这么一算突然发现，上海的房价上涨居然还赶不上广义货币的增长！所以，如果房价有泡沫，那么首先是货币的泡沫。

　　1990年，我大学毕业，工资76元，当年M2为1.53万亿；2001年，我在杭州市中心购房，房价约3500元，当年M2为15.8万亿元。也就是说，如果，如今一个大学毕业生的工资为4470元、杭州那套二手房涨到两三万元，那么，我们刚刚与人民币泡沫打了个平手。

　　你一个普通老百姓，有办法制止货币的泡沫吗？不能。

　　你能干什么呢？你能干的就是，去购买一个泡沫，让它与货币的泡沫同步变大。

　　全中国最好的泡沫是什么？正在读这篇文章的读者可以问一下自己，你炒股票亏过钱吗？你投资工厂亏过钱吗？你购买房子亏过钱吗？亏损最少的那个东西，就是最没有泡沫的。

　　再算一下未来的账。中国的金融专家有一个共识——他们是怎么达成这个共识的，是一个特复杂的问题，咱们今天不说它——他们认为，要维持经济的可持续发展，人民币的供应量增长在10%～15%是合适的。而从今往后的十来年里，中国的GDP很可能仍然将保持7%左右的增速。这意味着什么呢？意味着每年的货币供应量增长是经济增长的两倍，货币贬值的长期趋势是不可遏制的，而且似乎没有人打算去遏制它。

如果未来10年里人民币的国内购买能力持续下降，每年货币增发10%左右，那就意味着每隔7.2年，人民币就贬值为现在的一半了。而如果你把钱存在银行里，每年就相当于贬值8%左右。所以，你必须要投资出去。可你投资什么呢？

一个商品或一个产业，有没有产生或成为泡沫，是一件不容易判断的事情。不过，有一条基本的判断是存在的，那就是，这个投资品是否以真实的需求为基础。

所以，老格林斯潘是对的。中国的经济有没有泡沫，房价、股市以及高铁建设有没有泡沫，则基于这样一个事实：如果它破灭了，那就是有泡沫；如果没有破灭，那就没有泡沫。

那么，中国经济会不会破灭，又该如何观察呢？我认为，有两个"红利"会让泡沫不破灭，但是有一个危机会让泡沫破灭。

两个红利，一个是"人口红利"，一个是"基尼红利"。

"人口红利"是中国的城市化。在过去的15年里，中国每年的城市化率提高1个百分点，也就是说每年有1400万农民变成城里人，他们的消费力将成为经济和消费增长的动力。具体到不同的地区和城市，如果那里每年都有很多新鲜面孔出现，你就不必担心房价下跌，如果你走在街上到处碰到的都是和蔼可亲的熟面孔，那么，他们的脸上就都写着"泡沫"两字。

　　"基尼红利"是我发明的新名词。大家听说过的是基尼系数，它的高低标志着一个国家的贫富差距。到今天，国家统计部门拒绝统计中国的基尼系数，理由是居民的灰色收入太大。国外一些吃饱了饭没事干的机构以及联合国倒统计过，数据从4.8到5.2不等。总而言之，中国的贫富差距那是相当的大。这是一个很让人担忧的事情，不过问题的另外一面是，正是因为有如此大的贫富差距，所以人民仍然没有丧失追求财富的热情。在经济学上，贫富差距会成为经济成长的动力。我这样说有点残酷，但它是事实。欧洲经济为什么停滞了？日本为什么不发展了？原因很多，最重要的一点就是，那里的贫富差距太小了，人们失去了追求财富的动力。

　　那么，将让泡沫破灭的危机是什么呢？

　　是消费乏力。

　　如果大家都不想着赚钱了，如果农民都不想到城里来了，如果你情人节只给情人写一个温馨的短信而不买iPad了，如果你的男朋友不存钱买房了……泡沫就破灭了，中国经济就完蛋了。说到这里，你就会明白，为什么我们的总理老是叨叨着要"扩大内需"了。

　　我们都是泡沫的制造者，我们也是泡沫的获益者，同时，我们也可能是泡沫要毁灭的那个人生。

算算你的"屌丝值"

屌丝的标配与他从事的职业其实没有关系，而在于两个指标：第一，屌丝只有职务性收入，甚少财产性收入；第二，屌丝的银行负债率为零。

我这一辈子只坐过一次免费的出租车，在北京，从西山饭店到中央台的梅地亚，开了一个多小时，司机是80后小张。

人们笑说北京的出租车司机列席中南海常委会，没有他们不知道的国家大事，所以一上车，小张先向我通报了最近打老虎的近况以及即将被打的大老虎名单，听得我一愣一愣的。接着，我问他："您这辆车是您自己的还是公司的？"

"是我爸传给我的，他开了30年，刚退了。"

"你们家就你一儿子？"

"就我一儿子，龙生龙，凤生凤，老鼠的儿子会打洞，司机的儿子会开车呗。"

"早十几二十年北京的哥可赚钱了。"我说这话不是敷衍小张。1984年，当时发行量过百万的《中国青年报》做过一份读者调查，最受欢迎的职业排序前三名依次是：出租车司机、个体户、厨师，而最后的三个选项分别是科学家、医生、教师。在上周的爱奇艺视频节目中，我还专门说过这事。

"还可以吧。十多年前买了一套房，2010年又挣了一套，一套两老住，一套留给了我，还有这车。"

"那你现在一个月能挣多少？"

"好的月份五六千呗，差的时候……"下面是15分钟生动活泼的骂娘时间，然后小张问我，"听订车的那姑娘说，你是经济专家，现在有什么好的、来钱多的工作吗？"

"现在做手机游戏UI的收入挺高，你要不去试试？"我先逗他玩，然后闲着也是闲着，就问了一些干货，"你们家那两套房子，有按揭吗？"

"我们家那是既无外债也无内债，第一套房是全款，赚了这些年，第二套又是全款，咱不欠银行的。"声音陡然响亮起来。

"那你们家有多少存款？"

"有什么存款！都填在房子和车子里了。我每月赚这点，得养活两老和我自己，每月光光，就一屌丝。"声音回到骂娘频道。

听到这里，我知道为什么小张的爸爸是老屌丝，开了一辈子的车，到小张这辈又成了小屌丝。接下来的几十分钟里，我跟他拉拉杂杂讲了一堆话，总结如下：

从家庭财务的角度说，屌丝的标配与他从事的职业其实没有关系，而在于两个指标：第一，屌丝只有职务性收入，甚少财产性收入；第二，屌丝的银行负债率为零。

譬如他爹，开了30年的车，所有的钱都是油门踩出来的，赚到的钱，要么定存银行，要么买了房。房子是自住，不产生租金收入。几十年下来，钱貌似多了，但通货膨胀更厉害，因为没有利用任何的杠杆，所以，老张的实际财富积累被泡沫吃掉了一大半。

如果换一种理财方式：十多年前老张用按揭的方式购房，出两成首付，可以买两到三套同等面积的房子，这一部分的增值就不得了，一套自己住，另外的出租，几年下来，钱就套出来了。接下来，要么再去买房，或投资一些理财产品，钱滚钱，老张家的财产性收入就会逐渐增加。还有一种办法，就是全款购房，再把房子抵押给银行，套出六成的钱，再去投资，钱也能滚起来。

像中国这样的国家，经济处于长期的增长通道，而增长的很大动力来自于重型化投资，其必然呈现的景象是，财富的增长与货币的泡沫化为并生性现象，所以，如何利用货币的杠杆效应，放大自己的财富，是为个人财富增长的第一要义。对于一位有可持续收入的人来说，无论他是开出租的还是在摩天大楼里当白领，咬着牙维持一定的家庭负债是必须的。在我看来，50%～70%的负债率是安全的。"既无外债也无内债"，是一种"家庭犯罪"。你看古人造这个"债"字，便是"一个人的责任"，在商业社会中，一个敢于负债的人，其实是一个敢于对未来负责的人。

当货币的杠杆效应被激活之后，一个人的财产性收入在家庭收入中的比例就会逐渐提高，而这一比例正是告别屌丝、从工薪阶层向中产阶层递进的台阶。如果一个家庭的财产性收入与职务性收入各占一半之时，财务自由的曙光便可能出现了。而当前者占到绝大比例之后，你就会摆脱对职业的依赖，越来越自信，开始考虑如何过一种自己喜欢的生活。

我所描述的这一景象，出现在所有的欧美西方国家，出现在过去30年的中国，也将出现在未来的中国。对于像小张这样的80后来说，也许他不适合、也不懂得如何创业，可是，他仍然能够一边开着出租车，一边让自己挤入中产阶层。

车子到梅地亚，小张一定不肯收我的车钱，北京人就是实诚。今天你读到这篇文章，如果觉得有点用，得感谢80后小张。

现在，根据我提供的这套公式，你可以算算自己的"屌丝值"。

重度屌丝——没有财产性收入，银行贷款为零。

中度屌丝——财产性收入：职务性收入低于20%；银行负债：个人资产低于20%。

轻度屌丝——财产性收入：职务性收入低于40%；银行负债：个人资产低于40%。

这一代工人的忧伤

这个时代若真有尊严，它从来在民间。

　　陈桂林是东北一家大型国有企业铸造分厂的工人，40多岁那年，工厂难以为继，被"改革"了，他和同在厂里干活的妻子同时下岗。他会拉手风琴，便与几位同样下岗的老伙伴组成了一个草台班子，在人家出殡和商场搞促销时赚点辛苦钱。他有一个正在读小学、特别喜欢弹钢琴的女儿，因为买不起琴，他跟几位老伙计去偷琴，被抓进了派出所，他还用木板为女儿"画"了一架不会发出声音的"钢琴"。陈桂林的生活"一败涂地"。他的妻子离家出走，跟了一个卖假药的老板。两人开始争夺女儿的抚养权。女儿倒也现实，提出谁能给她一架钢琴就跟谁。身无分文的陈桂林就回到破败不堪的废弃车间，跟几位老伙计一起——他们现在的"身份"是大嫂级歌手、小偷、打麻将还耍赖的赌徒、杀猪专业户、退休老工程师，硬生生地"铸造"出了一台钢琴。

这是一部正在国内院线放映的电影，名字叫《钢的琴》。上周，在只有4个观众的空荡荡的影院里，我静静地看完了。

根据我有限的知识，这个故事一定发生在20世纪末。当时，中央政府提出"三年搞活国有企业"，除了少数有资源垄断优势的大型企业之外，其余数以十万计的企业被"关停并转"，超过2000万的产业工人被要求下岗。当时还没有建立社会保障体系，实行的是工龄买断的办法，一年工龄在各省的价格不同，东北地区大约是2000元，江浙一带则是800元到1000元——也就是说，一个工龄20年的工人拿了几万元钱就被"扔"到了马路上。

南方地区因为商品经济活跃，下岗工人投亲靠友，很快就能找到工作。而在一些老工业基地，往往一家两代人都在一个工厂。在过去几十年里，他们自认是"工厂的主人翁"，从来没有培育自主谋生的技能，一旦失去工作，马上成了流氓无产者。陈桂林和他的妻子、老伙计们正是这样一群在毫无准备的情况下被突然抛弃的"工人阶级"。

当时，下岗情况最严峻的正是《钢的琴》的故事发生地——在计划经济年代有"国老大"之称的辽宁省。2002年，我曾到沈阳铁西区去作下岗工人情况调研。那里是中国最著名的机械装备业基地，从日据年代就开始建设，20世纪40年代有"东方鲁尔"之称。新中国成立后，这里又是"一五"规划的重中之重，苏联援建的"156工程"中有三家建在铁西。这里还有全国最大的工人居住区。20世纪90年代末期之后，铁西区江河日下，成了下岗重灾区。我去调研一周，情况之悲惨，触目惊心，其中听到的两则真实故事如下：

——当时铁西区很多工人家庭全家下岗，生活无着，妻子被迫去洗浴场做皮肉生意。傍晚时分，丈夫用破自行车驮她至场外，妻子入内，十几位大老爷们儿就在外面吸闷烟；午夜下班，再用车默默驮回。沈阳当地人称之"忍者神龟"。

——一户家庭夫妻下岗，生活艰辛，一日，读中学的儿子回家，说学校要开运动会，老师要求穿运动鞋。家里实在拿不出买鞋的钱，吃饭期间，妻子开始抱怨丈夫没有本事，丈夫埋头吃饭，一语不发。妻子抱怨不止，丈夫放下碗筷，默默走向阳台，一跃而下。

我至今记得那些向我讲述这些故事的人们的面孔，他们静静地说，无悲无伤，苦难被深锁在细细的皱纹里。到今天，我常常在梦中遇到他们，浑身战栗不已。

他们是这个世界上最好的产业工人，技能高超——否则不可能用手工的方式打造出一台钢铸的钢琴，忠于职守，男人个性豪爽，女人温润体贴。他们没有犯过任何错误，却要承担完全不可能承受的改革代价。

在后来作改革史的研究中，我还接触到下面这则史料：

早在1996年至1997年间，由于国有企业的大面积亏损以及随之而被迫展开的产权改造运动，按官方的统计数据，下岗工人的总量已经达到1500万人，其后一直居高不下，这成了当时最可怕的"社会炸弹"。在1998年前后，世界银行和国务院体改办课题组分别对社保欠账的数目进行过估算，一个比较接近的数目是2万亿元。

一些经济学家和官员——包括吴敬琏、周小川、林毅夫以及出任过财政部部长的刘仲藜等人便提出："这笔养老保险欠账问题不解决，新的养老保险体系就无法正常运作，建立社会安全网、保持社会稳定就会成为一句空话。"在后来的几年里，他们一再建言，解决国有企业老职工的社保欠账问题和建立公正完善的社会保障基金。2000年年初，国家体改办曾设计了一个计划，拟划拨近2万亿元国有资产存量"做实"老职工的社会保障个人账户。然而，几经波折，这一计划最终还是流产。反对者的理由是"把国有资产变成了职工的私人资产，明摆着是国有资产的流失"。晚年吴敬琏在评论这一往事时，用了八个字："非不能也，是不为也。"

2010年，在参加一个论坛时，我遇到一位当年反对2万亿元划拨计划的著名智囊、经济学家。我问他10年来对当年的主张有何反思。他一边吃饭，一边淡淡地回答我说："不是都过去了嘛。"

是的，都过去了。一地衰败的铁西区过去了，国有企业改革的难关过去了，2000万下岗工人的人生也都过去了。现在，只有很小很小的一点忧伤，留在一部叫作《钢的琴》的小成本电影里。历史常常作选择性的记忆，因而它是不真实的，甚或如卡尔·波普尔所说的，是"没有意义的"。

这个时代若真有尊严，它从来在民间。

在这篇与文艺无关的文章里，我要向《钢的琴》的主创人员致意——他们是导演张猛、男主角王千源以及不取报酬的东北籍女演员秦海璐。你们做了一份真实的工作，让那些企图在电影院里逃避现实的人们有了一次突然与当代中国直面相撞的机会。

有可能的话，去看一下《钢的琴》吧。它被安排在"中国年度大片"《建党伟业》和"世界年度大片"《变形金刚3》之间上映，仅仅是一个"聊胜于无"的插曲。

《钢的琴》剧照

他们没有犯过任何错误，却要承担完全不可能承受的改革代价。

把生命
浪费在
美好的事物上

"原谅我吧，兄弟们"：工人阶级的诗

在这些中国工人诗人的诗歌面前，栖居和大地的意义被解构，而诗意本身则呈现出控诉、反讽和破坏的本色。

2010年5月，深圳龙华镇的富士康工厂发生震惊世界的连续跳楼事件。到第13跳发生之后，工厂安排员工去安装一个钢铁防跳网，在施工的工人中有46岁的郭金牛。他是湖北浠水县人，从1994年开始就在广东深圳、东莞一带打工，当过建筑工、搬运工、工厂普工、仓管等，与此同时，他还有一个非常隐蔽的身份——诗人。在安装防跳网之后，郭金牛用"冲动的钻石"的笔名，写出了《纸上还乡》。

少年，某个凌晨，从一楼数到十三楼。

数完就到了楼顶。

他。

飞啊飞。鸟的动作，不可模仿。

少年划出一道直线，那么快
一道闪电
只目击到，前半部分
地球，比龙华镇略大，迎面撞来

速度，领走了少年；
米，领走了小小的白。

这是诗歌的第一节。全诗三节，连标点符号共359个字。写作此诗的那只手，也是安装防跳网的那只手，这是一个富有隐喻性的细节。一段带血的当代历史被精准地凝固，拒绝遗忘。

我听说郭金牛的故事和他的诗歌，是最近的事情。2014年3月，我在南京参加一个活动，清晨去街边的报亭闲逛，顺手买了2月期的《读书》杂志。在翻阅中，我读到了秦晓宇的文章《共此诗歌时刻》，其中透露出一个令人非常意外的事实：在当今中国存在着一批工人诗人，他们迄今仍在一线从事劳力生产，其中有矿工、搬运工、保安、车床工乃至凉菜师傅，而同时，他们在写诗，他们的诗歌描写的正是生活和劳动本身。在读完秦晓宇的文章后，我给他写信："诗歌从来有记录历史的传统，比讴歌与诅咒更重要的是记录本身，我们似乎又找到了这根线头。过往30多年，中国工人阶级是物质财富的创造者之一，可是他们没有得到应有的重视，然而，你的工作让我们看到了事实的另外一面。"我很快得到了秦晓宇的回复。晓宇

把生命
浪费在
美好的事物上

是目前中国最活跃的70后诗人和诗歌评论家之一，曾出版长篇诗论专著《玉梯——当代中文诗叙论》。我们在5月见了面，随后我邀约他主编一本《工人诗典》，这个工作正在进行中。

中国的新诗复兴发生在20世纪80年代。记得读大学的时候，无论是文科系还是理工系，一间缺少《朦胧诗选》的宿舍都会被严重鄙视。而那些朦胧派诗人，如北岛、舒婷、顾城和欧阳江河，等等，无一不是青年工人出身，他们以充满自由的姿态告别了僵硬的教条文本。"黑夜给了我黑色的眼睛，我却用它寻找光明"，当过木工和油漆工的顾城曾用这样的诗歌定义了一代人的精神。然而，进入20世纪90年代中期之后，诗歌被商业主义驱逐，而所谓的职业作家和诗人被权力和院校圈养，远离活泼和严酷的现实。我们的作家们对清代妇女发髻的样式了如指掌，但对窗外工地上的生活一无所知。

在中国的2900个大大小小都市县城里，存活着2.6亿农民工，再加上有城市户籍身份的产业工人，总数约4.5亿。他们是当今中国的工人阶级。在宪法上，他们是我们这个国家的领导阶级和先进生产力的代表。然而，在现实生活中，我们似乎听不到他们的声音，在他们与政治家、企业家和文学家之间，横亘着一道"冰墙"。

好在诗歌不死。据秦晓宇推算，目前在一线从事体力劳动的工人诗人应在万人以上，稍稍成名者亦超过百人，其中以70后和80后为主力，工种和城市分布非常广泛。

在晓宇的推荐下，我读到了张克良的诗。他是安徽淮南市潘北煤矿工人，在井下劳动超过20年，以"老井"为笔名写作诗歌。有一次，煤矿井下发生瓦斯爆炸，现场产生的大量瓦斯及明火将引起第二次、第三次乃至于第三百次的爆炸，为了避免事态的进一步恶化，有关部门忍痛下令砌上隔离墙，将现场暂时封闭，以隔断氧气的进入，从源头上杜绝爆炸的再次发生。于是，没来得及抢救出来的许多遇难者遗体便被搁置在地心的黑暗里。目睹此景并亲身参与抢救的张克良写下了《矿难遗址》：

> 仍在低泣……
>
> 还有许多钢钩般锐利的
>
> 求救目光，挤出石头墙缝
>
> 扯住我的肝肠，直往墙内拉
>
> ……原谅我吧，兄弟们
>
> 原谅这个穷矿工，末流诗人
>
> 不会念念有词，穿墙而过
>
> 用手捧起你们温热的灰烬
>
> 与之进行长久的对话
>
> 所以我只能在这首诗中
>
> 这样写道：在辽阔的地心深处
>
> 有一百多个采摘大地内脏的人
>
> 不幸地承受了大地复仇时
>
> 释放出的万丈怒火，已炼成焦炭
>
> 但仍没被彻底消化干净……
>
> 余下惊悸、爱恨，还有
>
> ……若干年后
>
> 正将煤擢入炉膛内的

　　那个人，在呆呆发愣时独对的

　　一堆累累白骨……

　　"原谅我吧，兄弟们。"原谅我们这个时代的繁荣伟岸和残酷冷漠，原谅我们在享用你们的煤炭和温暖的同时，也在享用着你们的血与汗。马丁·海德格尔曾说"人应该诗意地栖居在大地上"，在这些中国工人诗人的诗歌面前，栖居和大地的意义被解构，而诗意本身则呈现出反讽和破坏的本色。

　　我还读到了郑小琼的诗。她出生于1980年，21岁南下打工，先后在模具厂、玩具厂、磁带厂和五金厂做仓管和轧孔工。她的诗集《黄麻岭》便取自东莞市东坑镇的一个地名。读郑小琼的诗，总让人不由想起同为女工出身的舒婷，相比于后者的温婉、明亮和宏大，郑小琼则表现得更加自我和反叛，她在《工业区》中写道：

　　多少灯在亮着，多少人在经过着

　　置身于工业区的灯光，往事，机台

　　那些不能言语的月光，灯光以及我

　　多少渺小。小如零件片，灯丝

　　用微弱的身体温暖着工业区的繁华与喧嚣

　　而我们有过的泪水，喜悦，疼痛

　　那些辉煌或卑微的念头，灵魂

　　被月光照耀，收藏，又将被它带远

　　消隐在无人注意的光线间

从木工顾城到矿工张克良，从灯泡厂女工舒婷到五金厂轧孔女工郑晓琼，中国工人阶级一直在记录着自己的命运，它有时候被发现，更多的时候则非常隐秘，"消隐在无人注意的光线间"。

此刻是初夏午后，我在上海——这里是中国工人阶级的诞生地——的一间灯光柔和的咖啡吧里读着他们的诗歌，而那些写诗的人，他们中的大部分应该都还在阴潮嘈杂的车间里。

北京皮村 工人诗歌朗诵会现场
《我的诗篇》纪录片摄制组 提供

中国工人阶级一直在记录着自己的命运，它有时候被发现，更多的时候则非常隐秘，「消隐在无人注意的光线间」。

他们的心里都有一座"哀牢山"

> 褚时健的哀牢山和李经纬的病房,均属"圈地自困",带有极浓烈的意象特征,宛如一代企业家们的"极限情境"。

2008年夏秋之际,去云南红河州的弥勒县参加一个财经杂志的年会,归程且行且游,进玉溪境内,有友人邀约到一大湖边吃湖鱼火锅。此湖出于大山之间,缥缈旷远,据说极神秘,因事涉军事,在很多年的全国地图中竟未标出。友人遥指湖畔一峻岭说:"这就是哀牢山,褚时健在那里种橙子,不久前王石刚刚上山探望,吴君愿否一访?"

我在作企业史研究时,曾遍阅有关褚氏的种种报道,并专门写过一篇案例解读。褚时健是中国烟草业的传奇人物,他以17年之功,将濒临倒闭的玉溪卷烟厂带到全国第一、世界第五大烟厂的位置,累积创利税达800亿元以上,每年上缴税金占到云南财政收入的60%。可是,到1996年他却因贪获罪。据检察系统的侦察，褚时健贪污金额为700万元左右，在当年，这是一个极大的数额，按律难逃死罪。

事发之后，褚时健试图通过云南边陲河口边关出境，被边防检查站截获。随着案情侦查深入，其妻子、妻妹、妻弟、外甥均被收审，女儿在狱中自杀身亡，儿子远避国外，名副其实的"妻离子散、家破人亡"。

然而，褚案在经济界引发了极大的同情浪潮。褚时健创利百亿，其月薪却只有区区的1000元。有人算了一笔账，红塔每给国家创造14万元利税，褚自己只拿到1元钱的回报。"一个为民族工业作出如此巨大贡献的企业家，一年收入竟不如歌星登台唱一首歌！"在1998年年初的北京"两会"上，十余位企业界和学界的人大代表与政协委员联名为褚时健"喊冤"，呼吁"枪下留人"。

1999年1月，褚时健"因为有坦白立功表现"被判处无期徒刑。宣读判决书的时候，他只是不停摇头，一言不发。一年后，褚时健以身体有病为由获准保外就医，他与妻子在哀牢山上承包了2000亩荒凉山地，种植甜橙。

此后十余年间，偏远寂寥的哀牢山突然成为很多民营企业家的奔赴之地，有的独自前往，有的结群拜访，用最早做出这一举动的王石的话说："虽然我认为他确实犯了罪，但这并不妨碍我对他作为一个企业家的尊敬。"

对褚时健的同情和致意，超出了对其案情的法律意义上的辩护，其实质是一个财富阶层对自我境况的某种投影式认知。

德国哲学家雅斯贝尔斯曾提出"极限情境"的概念，在这一情境中，通常遮蔽我们的"存在"的云翳消散了，我们蓦然直面生命的基本命题，尤其是死亡。雅斯贝尔斯描述了人们面对这一情境时的焦虑和罪恶感，与此同时，也让人们以自由而果敢的态度直面这一切，开始思考真正的命运主题。

当年褚时健与老妻两人独上哀牢山，并没有想过"褚橙"的商业模式，也不知道会有什么电子商务，他对所受遭遇毫无反抗和辩驳，亦不打算与过往的生活及故人有任何的交集。自上山那日起，他的生命已与哀牢山上的枯木同朽，其行为本身是一种典型的自我放逐。也正因此，在公共同情与刻意沉默之间，无形中营造出了巨大的悲剧性效果。

我由此联想起另外一位企业家的遭遇。

2006年，我创作《大败局2》，为了健力宝案，专赴广东调研。健力宝曾是中国知名度最高的饮料品牌，创始人李经纬白手起家，缔造了一个商业传奇，然而在2001年前后，李经纬与当地政府在健力宝的产权改革方案上沟通失败，他被硬生生地排挤出企业，后又因"涉嫌贪污犯罪"被罢免全国人大代表职务。

我在粤期间，先后拜会了一些相关的核心及外围人士，但始终无法访到李经纬本人。有一次，他的一位身边人约我至广州的一家茶馆相见，详聊有关史料细节，我再次提出见面恳请，他用手一指窗外说，李总就住在马路对面的这家医院。

我凝视医院大楼，知道里面困居着一具委屈的病躯。

2013年4月，李经纬去世。10年间，他没有见过任何媒体或"外人"。听闻他的死讯，我当夜在微博中写文遥悼："一瓶魔水，廿载豪情，从来中原无敌手；半腹委屈，十年沉默，不向人间叹是非。"

2014年在广州，又见到当年接受访谈的健力宝旧部，他说老人晚年将一部《大败局2》置于病床枕下，有乡亲老友到访，就翻出来说，这书里写的都是实情。

一言至此，举座凄然。

在某种意义上，褚时健的哀牢山和李经纬的病房，均属"圈地自困"，带有极浓烈的意象特征，宛如一代在扭曲的市场环境中挣扎成长的企业家们的"极限情境"。面对这一场景，他们会不由自主地唤起同理心，构成集体心理的强烈回应。

根据全国工商联的数据，到2014年年底，全国的私营企业数量多达1200万家，个体工商户约3600万人，其和相当于西班牙的全国人口或两个台湾岛人口，亦是全球规模最大的私人资本集群。但是，这些财富阶层的权益自我保护能力非常羸弱，在公共事务上的话语权无从谈起，甚至随着贫富悬殊的扩大，因煽动而出现的仇富现象时时引发，人人心中都好像有一座云缠雾绕的"哀牢山"。

这两年，每逢"褚橙"新鲜面市，我都会去网上默默地订购两箱，一则感奋于八旬老人的创业励志，再则是品味一下哀牢山的甘甜与"苦涩"。

每逢「褚橙」新鲜面市，我都会去网上默默地订购两箱，一则感奋于八旬老人的创业励志，再则是品味一下哀牢山的甘甜与「苦涩」。

图片来源：CFP

把生命
浪费在
美好的事物上

宋林的悲剧

我之哀宋林，其实是哀国企，哀一代为国服务的商业精英群体。

华润在香港的总部大厦位于湾仔港湾道26号，是1983年建的双子式老建筑，2011年秋天我去拜访宋林的时候，大楼正在装修，外墙被脚手架包围。宋林迟到了，我去两楼之间的平台上闲逛，顺手买了一杯太平洋咖啡（Pacific Coffee）。宋林见到我的时候，笑着说的第一句话是："这是我的咖啡。"太平洋咖啡是华润收购的一个香港本土品牌，宋林说，亚洲人的口味偏甜，我们想调试出一些新的口感来。

宋林一直非常低调，很少在媒体上露面，也不与外部研究者接触。2009年，宋林在华润做一个名为"60班"的高级人才培训项目，合作方是美国合益（Hay Group），后者提出把项目总结为一本图书，宋林同意，合益找到蓝狮子，因此才有了我与宋林的那场面谈。在后来的一年多里，蓝狮子的两位研究员访谈了华润近40位高管，去多个子公司实地调研，这可能也是华润多年来唯一一次对外部开放的学术调研活动。

在与宋林见面前，他的秘书告诉我两个细节以佐证他的老板的"厉害"，"宋先生当上华润集团总裁时才40岁，是国资委体系最年轻的副部级干部"。另外，"宋先生还是王石的老板"。

宋林出生于1963年，大学毕业后就以实习生的身份进入华润，可谓地道的"子弟兵"。他对我说："那时候，几个人挤在一间很小的集体宿舍里，是香港最穷的打工仔，不过心里还是很骄傲，觉得我们是在资本主义世界里为国家办事。"在中国当代政经史上，华润是一家传奇性公司，它由周恩来创办于1938年，前身为中共在香港建立的地下交通站，据传创办经费为党费两根金条。在解放战争时期，华润是中共最重要的物资采购基地，它有自己的船队，在东北的大连与港岛之间建立了运输航线。朝鲜战争期间，它更是唯一的秘密通道，为国家采购了大量军需物资，号称"红色买手"。计划经济时期，华润一度承担中国几乎所有输港出口产品的总代理，成为当时国际贸易的核心窗口。

宋林进入华润的1985年，正是最艰难的转型时刻，随着对外开放战略的推行，越来越多的省份和部委到香港开设"窗口公司"，华润的垄断地位被迅速冰解。作为一家政策型的贸易企业，华润此前数十年虽然功勋显赫，但是承担的俱为国家任务，自身并没有多少实业积累——1983年之前，华润的注册资金只有500万港元，一旦丧失管道功能，其存在价值便立即遭遇危机。在这个意义上，青年宋林进入的是"另外一个华润"。宋林对我说："华润是最早进行业务转型，而且是转型最彻底的外贸公司。"20世纪80年代末期，华润转向内地，以外资身份进行战略投资，涉及纺织、服装、水泥、压缩机、啤酒、食品、电力、酒店、地产等诸多行业，从而奠定了由贸易向实业转型的基石。而宋林等一大批年轻大学毕业生正是以"子弟兵"的身份参与了这一全过程。

在我们对华润的实地调研中，有四个非常值得记录的优秀特征。

其一，华润是一家真正实践了价值投资的财团型企业。它从养殖、渔业、屠宰开始，相继进入石油、电力、医药、零售、地产等一大批行业，以独特的价值发现眼光，实施了一系列的并购行动。蓝狮子研究员郑作时在他的书稿中写道："并购作为一种市场的手段，大多数情况下是由产业领导企业买入劣势企业的资产，以更高的生产率和更好的产品来赢得市场，创造共赢效益。而华润的并购战略并不与此相同，它利用的仍然是华润'战略能力'，即精确地估算出国内某一市场供不应求的状态，以华润深厚的政府关系以及香港资本市场的诱惑力，介入国内已有的产业公司的股权交易，分食企业的资本收益。"宋林之所以能够从那批"子弟兵"中脱颖而出，正是因为他在并购交易和资产处理上的天赋和优异表现。

其二，华润是极少数形成了金融—实业一体化运营能力的中国公司。在过去的近30年里，华润集团形成七大战略业务单元、19家一级利润中心、2300多家实体企业，其中包括5家香港上市公司、6家内地上市公司，员工总数达40多万人。如此庞大纷杂的企业集团得到了有效率的管理。在涉足的很多领域中，华润的管理效率和投资回报率都非常靠前。

其三，华润是极少数不靠垄断存活的"中央企业"。与其他国资委下属的一些企业不同，华润并没有靠政策壁垒形成垄断经营的优势。相反，它所实施的很多并购行动，比如控股万科、收购三九以及进入水泥和地产领域，等等，基本都属于完全市场竞争行为，因此在公共舆论层面，华润模式较少被诟病。也正因此，华润的各个业务模块都具有较强的市场竞争力。

其四，华润在高管人才的迭代培养上形成了自己的特色和经验。2009年，出任董事长不久的宋林推出"高级人才发展第一期计划"，将华润内部出生于1960年之后的36位高管召集起来，开设"60班"，他亲自出任班主任，"系统培养一批具有国际视野、有使命感、有魄力和能力带领华润走向更大成功的未来领导者"。这一计划在华润内部曾经引发一场人事大地震，因为"60班"的开设，无疑意味着50年代出生的一大批干部的集体出局，宋林因此承受了极大的人事压力。后来的事实证明，这一人才计划让华润在干部结构上焕然一新，随后宋林又开设了"70班"、"80班"。华润的这一人才模式在中国的大型企业中颇受关注。2014年年初，协助宋林实施这一计划的美国合益中国区总裁陈玮被万科聘为主管人才培养的高级副总裁。

我们再来看看宋林打理华润的业绩单。他于2004年出任总经理，其时华润的总资产为1012亿元、经营利润为45亿元，到10年后的2013年，这两个数据分别为11337亿元和563亿元，增长均超过10倍。举目全球商业界，能够获得如此业绩者亦可谓彪悍，而宋林正当盛年，以50岁的年纪，管理万亿人民币资产和11家上市公司，这在当今全球职业经理人中应该也排不出10位。

今天的宋林已身陷囹圄，他的罪名尚未公布，但估计会非常的不堪，而他的余生将在监狱和不齿中度过，这到底是一场怎样的悲剧？

宋林的社会身份很多重，他是"国有企业职业经理人"，他的职责是"国有资产保值增值"，而同时他又是一位中组部直管的"党管干部"，在行政上则享受副部长级待遇，这些都是具有鲜明中国特色的名词。"商人＋党员＋官员"的"三位一体"，让宋林的身份变得非常的模糊。在转型尚未完成的中国，"三位一体"的身份让宋林有机会获得更多的资源和政策支持，但同时也令他陷入了另外的一些困境。

比如，他的商业才能并不能得到客观的评价，很多人认为，国企经营者的成功俱得益于政府庇护。"在所有的球员中，他的父亲是教练，他的哥哥是裁判。"近年来，随着国家资本集团的畸形壮大，民营企业家与国企经理人之间的隔阂越来越大，彼此互不服气。再比如，国有企业所实现的业务增长并不能得到社会的认可。很多人认为，国有企业的存在本身就是不必要的，国企获得的成功越大，对民营企业的压抑就越大。又比如，国企经理人的收入与他的商业成功几乎没有对价关系，宋林没有一分钱的股份，也不享受分红激励，更谈不上"金色降落伞"，甚至他的职务能否保住都需要靠某些灰色的权贵——从宋林案披露的一些信息可见，他之堕落正与此有关。

自本轮改革开放以来，国企经营者作为一个极其特殊的商业精英群体，其命运跌宕的丰富性是颇值得深研的课题。在我的研究视野中，30多年涌现出的一些旗帜性人物，其日后际遇非常的两极化。有些人先盛后衰，最后甚至身败名裂，如第一批放权让利试点企业首都钢铁的周冠五、红塔烟草的褚时健、三九医药的赵新先等。也有一些人商而优则仕，如东风汽车的陈清泰和苗圩、中海油的卫留成等。而能够在经理人岗位上维持企业可持续发展并善始善终者，确乎寥若晨星。

近年来，不少国企经营者甚至对自身的职业价值产生了怀疑。一位央企领导人曾对我自嘲是"三无人士"——无存在感，无论企业管理得多优秀，都得不到民众和社会的认可与尊重；无兑现感，无论经营业绩有多出色，都与自己的收入不匹配，与同资本等级的民营企业家相比更是判若云泥；无安全感，随便任何人都可以"实名举报"，坐车、吃饭、旅行、收受礼物、与异性合影，凡此等等都可能被"一票击杀"。国企当家人的此种"三无情绪"非常普遍，且有弥漫之势，

宋林式悲剧以及"三无情绪"的产生，其背后凸显出来的，其实是中国经济改革一个迄今仍未破题的重大命题：如何看待以及实施国有经济改革。早在1978年年底召开的十一届三中全会上，中央政府就意识到："现在我国经济管理体制的一个严重缺点是权力过于集中，应该有领导地大胆下放，让地方和工农业企业在国家统一计划的指导下有更多的经营管理自主权。"1979年5月，国务院宣布，首都钢铁公司、天津自行车厂、上海柴油机厂等8家大型国企率先进行扩大企业自主权的试验，从此拉开了国企改革的序幕，然而，其后的改革实践并不顺利，甚至多次陷入歧路、掉入陷阱，现今形成的国企格局仍然广被诟病。

在不久前的十八届三中全会上，国企改革被列为核心目标之一，可是一些基本的改革理念及路径仍然有待厘清，比如，国有经济存在的伦理性和必要性解释、国有资本的管理模式、国有资产的处置模式、国有企业的利润上缴模式、国有企业的监督管理

模式，以及对国有企业经理人阶层的奖惩制度，等等。

宋林身躯高大，发微卷，目光犀利，与我交谈时，坐姿靠后，给人傲慢的印象。他的思维极其敏捷，往往提问及半，便已知道你想了解什么，对肤浅的交流缺乏耐心，而在熟悉的领域里，则滔滔不绝，思辨严谨。

我之哀宋林，其实是哀国企，哀一代为国服务的商业精英群体。

太平洋咖啡
图片来源：CFP

华润是一家真正实践了价值投资的财团型企业，也是极少数不靠垄断存活的中央企业。

"病人"王石

我一直以为，如果中国的企业家是一群不知命运为何物的人，是一群不知敬天畏人、仅以一己私利之追求为人生最高目标的人，那么，财富聚集到这些人手中无疑是暴殄天物，是人世间最大的不公，是未来中国最可怕的危机。至少王石让我们看到另一种存在。

"在'笨笨红烧肉'之前，听我讲座的人最多有七八百，'笨笨红烧肉'以后，居然就增加到了5000。"2014年的7月2日，在杭州良渚一间幽僻的会所里，王石用自嘲的口吻跟我说。对一个人而言，多么尴尬或难堪的事情，一旦能亲口说出来，便表明它已经"落地"了。

就在上周，王石先在深圳的北大汇丰商学院做了一场演讲，有5000多人到场，据说创下了一个纪录。然后他又在上海的中欧国际工商学院举办同题演讲，因报名者太多，在主会场之外还开了8个视频分场。王石的演讲题目是：底线与荣誉。

一

我最早关注王石，是在20世纪90年代末期。那时，开在万科网站中的"王石ONLINE"可能是所有企业家网站中最火爆的一个。在首页的第一行便有王石引用哈维尔的一句名言：病人比健康人更懂得什么是健康，承认人生有许多虚假意义的人，更能寻找人生的信念。

我不知道王石为什么要把这句话如此醒目地放在那里。

到2003年，万科创立将近20年，王石亲笔创作的《道路与梦想：我与万科二十年》，在秦朔的牵线下，由蓝狮子出版，从而让我有了第一次接近王石的机会。

在很长时间里，热闹的王石其实是一个很寂寞的人，不然他不会在过去的那些年里做出那么多决然的事。他把亲手打造出来的万科集团几乎整个儿卖给了华润，道理上来说是为了套钱圈地，但作为上市公司的万科是否一定要"卖身买地"却是一个大大的问号；王石大做减法，把旗下的万佳、怡宝和万博等都处在行业"Number One，Number Two"位置的公司统统出售，道理上来说是为了死心塌地做地产。可是这种"极端专业化"的模式是否必要，真可以打一个大大的问号；王石在房地产最疯狂的时候提出利润不超过25％，道理上来说是为了还社会一个公平、还企业一个"平常心"，但这种无法监控的承诺到底能否实现，或对行业成长有什么实际意义却仍可以打上一个大大的问号。

从经营决策的角度来说，王石的这些动作都能够作为MBA的教案来好好地讨论，至少在我看来，这是一些近乎疯狂的做法，可王石就这么轻描淡写地做了。在溅起的一片片喧腾中，在无穷无尽的说法中，我们看到王石在聚光灯下一遍遍地解说、阐述、布道，而他的心却似乎在另一个偏冷的角落无声地睨视。海德格尔说："当你们真的听懂我说了什么的时候，你们就完全地错了。"我看王石，每每有这样的感受。

喜欢登山的王石，曾与友人有过一些对话，在那一时刻，登山者王石和企业家王石似乎在描述他对生活和职业的共同感受：

"登山是一个后悔的运动，一进山后，马上就会出现头晕、恶心等高山反应，感到后悔。

"身下就是深渊，令人不寒而栗！因为难度大，上攀的队员挤压在这里，有的费一个小时才能通过，见到这种情景，瞬间产生恐惧感。

"那个时候在顶峰上，一方面是因为太疲惫，另一方面是因为缺氧，人有点麻木，所以没什么崇高激动的情绪。"

我喜欢这样的对话。因为在这里我们听得到血液流淌的声音，我们可以真切地触摸到这个貌似喜乐、倡导丰盛人生的享乐主义者内心所有的寂寞、恐惧与不安。人对天理、命运的敬畏，并不仅仅表现为顺从，而应该是一种清醒的对话，是向上成长的渴望，是与未知对抗的坚决与愉悦。

二

这些年，我们经常听到关于王石的种种议论：有说王石的潇洒是装给别人看的，他是在为万科做免费的广告；有说王石其实很专断，他是万科集团里唯一的一只"猫"；有说王石老早就已衣食无忧，他是在天下人眼前演一出戏；还有的甚至说老王其实有"心脏病",必须不断地爬山才能锻炼心肌……当一个人渐渐变成一则传奇,种种江湖流言便开始如牛奶般地漫渗开来。

关于这些流言,很少有人会与王石面对面地"对质",但我认为它们并非空穴来风,至少是某种公共评论的隐喻。在很多时候,一个公众人物对于大众来说是一个符号,它寄托了人们对某一种信念及生活方式的认同或否定。作为一个商业文化的观察者,我更愿意以一种常人的心态来揣测王石的动机,在某种意义上,王石好像有着一种很深重的"病人情结"。

王石把万科当成了"病人",它超速长大青春激荡,病疾不断常常莫名发作,因而必须时时警觉,日日维新。王石把房地产业当成了"病人",它暴利惊人游戏诡异,充斥着令人迷失的金色陷阱,因而必须让欲望遏制,令心智清明。王石把他自己当成了"病人",在没有约束、众星捧月中又有多少人能找到自我?王石把这个时代也当成了"病人",物欲横流,价值多元,到底什么是人们真正的渴望?

因为有"病",所以有所敬畏。在这些年里,我接触过无数的企业家,他们往往是匆忙的,是焦虑的,是愤懑的,是自傲的,是勇敢的,却很少是快乐的,是阳光的。我不知道,天籁寂静之际王石是不是快乐,可是,至少他让我们"感觉快乐",感到他面对命运时的畏惧。当他决定让自己的人生以如此多彩而透明的方式铺陈开来的时候,便意味着他的获得和放弃已经超出了职业的范畴,而更带有人生历险的趣味。

我想,我对王石的这些解读,大概都是错的。当这个人如此独特地行走在拥挤、奢华而乏味的中国企业家走廊上的时候,我宁愿那么错误地深信他代表着另一种生活的姿态。我一直以为,

如果中国的企业家是一群不知命运为何物的人，是一群不知敬天
畏人、仅以一己私利之追求为人生最高目标的人，那么，财富聚
集到这些人手中无疑是暴殄天物，是人世间最大的不公，是未来
中国最可怕的危机。至少王石让我们看到另一种存在。

三

从2011年开始，王石游学于哈佛和剑桥，每年只在寒假、暑
假归国，"被大家牵着热闹一阵子，然后再飞回去读书"。他的
英语有了很大的进步。在哈佛期间，除了听课，他还开设一门叫
"企业伦理"的选修课程，也就是说兼有学生和访问学者的双重
身份，现在，《企业伦理》也成为王石正在创作的一部书稿。此
次在杭州见面，他又提出了一个新的想法，想要创办一个"中国
企业案例中心"，专注于中国公司管理案例的研发："随着中国
经济的繁荣，越来越多的公司进入世界500强，其中，民营企业
的数量还会增加，可是到今天，我们还无法回答什么是'中国式
的管理思想'，这太让人着急了。"

从2008年汶川地震之后，王石的身上呈现出越来越浓烈的公
共气质，在某些时政话题上，他的勇敢让人有点吃惊。2013年以
来，在中国商业界发生了一次"企业家是否应该'在商言商'"
的大争论，王石清晰地表达了自己的观点。他认为，"在商言
商"绝不是不谈政治、不谈国是："我首先是个公民，公民就有
公民权，我是可以谈政治的；其次我是个商人，我当然关心工商
业阶层面临的问题……在我本人是从自我否定到自我肯定的一个
过程。商人在中国社会中地位不高，但作为商人，首先要对自己

的定位有判断。工商业者一方面希望得到社会认可，另一方面如果你自己都不尊重这个行业，别人怎么尊重你？所以商人要对自己所在的行业尊重、承认和喜爱。"他的这些表述，带有很鲜明的阶层代言色彩，这恐怕也是他最近受到很多企业界人士尊重和欢迎的原因。在深圳、上海的演讲中，一向缺乏娱乐精神的他不但几次拿"笨笨红烧肉"开玩笑，甚至不再避讳岳父的高官背景。"如果我当年利用了家庭的政治关系去拿地，那么，今天我还能站在这里吗？"在很多人听来，他的这个反问，是成立的。

王石创立万科，到2014年刚好30年，在熟悉他的朋友们的眼里，他与他创立的这家企业似乎走上了两条不同的成长路径。就万科而言，是一家少有的、从很早就试图用西方的那一套管理制度来治理企业的中国公司，因这一偏执的坚持，万科的经理人制度和公司文化表现出非常鲜明的美式特征。但就王石而言，他却没有恪守以绩效主义为"根目标"的西方经理人文化的传统，十多年前开始到处爬山，近年来又把大量时间投注于公共事务，在他的身上散发出传统中国士大夫的那种家国气质。

在西方的现代话语体系中，今天的王石似乎很接近雷蒙·阿隆对现代知识分子的定义。阿隆在《知识分子的鸦片》一书中认为，知识分子就是"在职业活动之外，以'知识分子的方式'生活和思想的人"，知识分子在公共事务参与上应担当"介入的旁观者"的责任。阿隆的这一定义出现在二战之后，一度引起非常大的争议，而今已逐渐成为一种共识。事实上，即便在西方世界中，企业家阶层中符合阿隆定义的人也非常罕见，仅有的少数人都出现在媒体界和金融界，如亨利·卢斯、索罗斯等人。相反，在中国的近代历史上，则涌现过不少类似人物，如民国的张謇、卢作孚、丁文江、陈光甫，等等。这一现象似乎从来没有被认真参照研究过。

四

在"底线与荣誉"的演讲中，王石用亲身经历向同为商业人士的听众们提出了一些有关底线的感想与建议。它们包括：

——我说自己不行贿，很多人不信。不信，我也要不行贿，时间久了，就有人信了。大家信了，底线就出现了。

——我们在中国是底线的事情，在美国你是必须要这样做的，你这样做了之后，你会发现一切很容易。

——坚持底线会马上见效吗？不能。但是你坚持底线，你坚信这个市场是规范的，是成熟的，它一定会按照规范、成熟地来对待你。

——即使你的自行车被偷了，再紧急，也不能偷别人的自行车，这就是底线。

这些大白话，说出来貌似挺容易，但是，要信这些话，并不容易，要做到，更不容易。这也是很多人去听王石演讲的原因。

最后闲话一件连王石也不知道的事情：2012年年底，"笨笨红烧肉"风风火火地闹上了新浪微博及全国各大报刊娱乐版头条，王石的朋友们都很焦急。那些天，我在巴厘岛度假，恰巧冯仑也在，他漏夜赶到我住的酒店，坐下来只问了我一句话："你说王石还能回来吗？"

我记得那夜的海浪声很大，我们的交谈急促而没有着落。现在，冯仑的问题似乎找到答案了：有底线的人，迟早都能回来。

吴晓波 提供

我们看到王石在聚光灯下一遍遍地解说、阐述、布道，而他的心却似乎在另一个偏冷的角落无声地睨视。

那把椅子还在吗?

　　世界互联网大会在乌镇以轻喜剧的方式温婉落幕,它其实与"世界"无关,也没有留下太多让人回味的细节,但它确乎传达了某些非常鲜明的讯息,指向一个不再令人好奇的世界。

　　王峻涛是一个脑残级的金庸粉丝,在2000年,他创办的8848是当时最大的B2C网站。这年8月,杭州的马云打电话给他,邀请他到西湖开个会,最能打动人的是,"金庸大侠也要来"。

　　9月10日,"西湖论剑"如期举办,这是中国互联网的第一次业界领袖峰会,受邀到场的有三大新闻门户以及两家电子商务公司的掌门人——王志东、张朝阳、丁磊、王峻涛和马云,这是当时公认的互联网界的明星创业家。

　　西湖论剑一共连续举办了五届。

　　第二届受邀的有6人,除了马云、张朝阳和丁磊之外,新浪的王志东已因业绩不佳被董事会驱逐,代替他来的是茅道临,王峻涛尽管来了,但是也已被迫离开了危机中的8848,新增加的一位是盈科旗下的Tom.com的行政总裁王㷽。到了2002年，由于三大门户网站还没有从寒冬中彻底苏醒过来，掌门人们都拒绝与会，受邀来到杭州的5位嘉宾全数是新面孔：3721的周鸿祎、前程无忧的甄荣辉、联众的鲍岳桥、携程网的梁建章，以及腾讯的马化腾。他们被认为是泡沫破灭后的幸存者，也是互联网业界的"二线人物"，当时被称为"五小龙"。

到2005年的第五届，邀请工作变得越来越困难，马云请来了美国前总统比尔·克林顿，总算又把朋友们聚到了一起，这次论坛的主题是"天下"。事实上也是在这一年，中国的互联网公司在本土全面超越国际同行，所谓"天下"，实指疆域之内的完胜。第五届之后，"西湖论剑"，曲终人散。

今日重弹前尘旧事，实因本周刚刚在乌镇结束的世界互联网大会。从西湖到乌镇，中国互联网一路妖娆，早已物是人非，说事论人，大抵有如下变数：

从"边缘英雄"到主流领袖——

14年前，中国影响力最大的商业领袖是柳传志、张瑞敏、王石、倪润峰以及李东生等人，几乎全数聚集于制造业。举办于西湖边的互联网"论剑"只是边缘地带的一次自娱自乐，人们对马云等人的关注之和还不及对金庸大侠的一半。而到了乌镇大会上，互联网领袖无疑成为当今中国最显赫的人物，一言一行均足以耸动天下，他们中的一些人甚至成为成功学价值观的输出者。

从"组织者"到"被组织者"——

14年前，"西湖论剑"属于纯民间的自组织活动，何人参与、议题设计及言行表达，均行云流水，放任自由。而到了乌镇大会，则已被完全纳入政府部门的领导与规制之中，自BAT（百度、阿里、腾讯）以下诸人，无论财富多寡，都以"被组织者"的身份与会，总书记贺词，总理致辞，排位列坐，井井有条，在这个意义上，中国互联网的江湖时代渺然已远。

从失控制造者到寡头维护者——

凯文·凯利的失控学说在互联网界被奉为"圣经"，不过现实的中国互联网却早已成为寡头统治的世界，BAT势力无人可以挑衅，其他如雷军、周鸿祎诸君也以跻身寡头俱乐部为己任。在此次乌镇大会上，所有的话筒时间几乎都给了8到9位明星级企业家，对失控的歌咏实际上成为控制者捍卫既得利益的武器。

利益切割替代破坏式创新——

无论是电子商务平台还是社交化网络平台，中国互联网目前的格局是楚河汉界，各自为战，一线寡头与垂直门类里的领先者选边结盟，互为倚重，其他的中小业者则分头投靠，避免成为危石之卵。乌镇大会被非常默契地开成了寡头们的联谊会，人们几乎听不到垄断格局撕裂或被冲击的声音。

资本意志覆盖技术意志——

中国的风险投资与互联网血肉相连，诞生于兹，且得益于兹。但中国的风险投资集团从出现的第一天起，就带有太浓烈的投机和掠食者的属性，延至于今，资本对流量、变现、模式的痴迷已入魔境，而真正愿意投资于技术冒险的资本却少乎又少，这一景象，在乌镇比比皆是。

互联网冷战思维赫然崛起——

在乌镇大会开幕前，方兴东在《环球时报》发表《互联网大会终结网络单极格局》一文，认为此次大会是"第一次以中国为主场围绕网络空间治理为中心的全球性大会。可以说，本次会议的召开标志着互联网治理的单极时代开始走向终结"。在他的观察中，"美国政府对互联网超级能力的滥用，事实上成为全球互联网治理的最大问题之一"，而中国互联网的崛起正构成了直接对抗的一极。这种带有强烈对峙和冷战气质的思维，在14年前的西湖论剑时代是不可思议的。

在乌镇召开的世界互联网大会以轻喜剧的方式温婉落幕，它其实与"世界"无关，也没有留下太多让人回味的细节，但它确乎传达了某些非常鲜明的讯息，指向一个不再令人好奇的世界。

我记得，第五届"西湖论剑"是在建成不久的凯悦大酒店举行的，会场不大，闹哄哄的到处挤满了人。有一个讨论网络游戏的专场，一位女子站起来指着丁磊说："我儿子玩网游离家出走，我连杀你的心都有。"丁磊问："你儿子玩的是什么网游?"答："传奇。"丁磊忙说："那是陈天桥的。"满场大笑。台上争论得很激烈，台下的马云实在按捺不住，顺手搬了把椅子就坐了上去。

而今，献花的女娃好可爱，不过，那个闹场的妈妈还在吗?
那把椅子还在吗?

图片来源：CFP

总书记贺词，总理致辞，排位列坐，井井有条，在这个意义上，中国互联网的江湖时代渺然已远。

如果乾隆与华盛顿在小吃店会面

随着时间的推演，不同的遗产让他们在历史的天平上获得了新的评价。

"如果乾隆与华盛顿在小吃店会面，会如何？"

如果我陡然这么一问，你一定会犯个嘀咕，不知道怎么回答。乾隆与乔治·华盛顿，一个留长辫子的古代皇帝，一个穿西装的美国总统，他们怎么可能碰到一起呢？

但是，糟糕的是，这真的不是一个与"穿越"有关的问题。乾隆与乔治·华盛顿，是同时代人，而且都是在1799年去世的，乾隆死在年头，华盛顿死在年尾。

为什么你会有"穿越"的感觉？道理其实很简单：他们两个人身上的现代性实在相差太大了。大而言之，这也就是两个国家的现代性。

乾隆号称大帝。大清帝国前后延续了268年，总共有10个皇帝。康熙在位61年，雍正在位13年，乾隆在位60年（实际执政64年），从1661年到1799年，前后共138年，清朝的这三位皇帝在位时间占了清朝的一半，这段时期被称为"康乾盛世"。

然而站在人类发展史的角度上，这所谓的"盛世"实在是一个莫大的讽刺。

17世纪中叶以后，历史开始跑步前进，速度达到了令人头昏目眩的程度。其后的100多年，正好是英国经历了产业革命的全过程，新的生产力像地下的泉水，突然地喷涌出来。工农业产值成百倍、成千倍地增加。与此同时，政治文明的进步同样迅猛，西方各国人民通过立宪制和"代议制"实现了对统治者的驯化，把他们关到了法律的笼子里。

与西方相比，东方的情景则恰成对比。

清代的皇权专制尤胜于明代。明王朝取缔了宰相制度，集独裁于皇帝一身，不过它还有内阁制，大臣尚能公开议政。而到清代，则以军机处取代内阁，将一国政事全然包揽在皇室之内，皇家私权压抑行政公权，后之无复。

对于社会精英，清代初期的政策是全面压制。入关不久的1648年（顺治五年），清廷就下令在全国的府学、县学都树立一块卧碑，上面铭刻三大禁令：第一，生员不得言事；第二，不得立盟结社；第三，不得刊刻文字。违犯三令者，杀无赦。而这三条，恰好是现代人所要争取的言论自由、结社自由和出版自由。清代以来，皇帝多次大兴"文字狱"，使得天下文人战战兢兢，无所适从。《清稗类钞》记载的一则故事最为生动：某次，雍正皇帝微服出游，在一家书店里翻阅书籍，当时"微风拂拂，吹书页上下不已"，有个书生见状顺口高吟："清风不识字，何必乱翻书。"雍正"旋下诏杀之"。雍正是乾隆的爸爸，在"文字狱"这件事情上，儿子比老子更起劲，有人统计了一下，康乾年间有180多起重大的"文字狱"事件，其中七成是乾隆帝干的。

1799年，就在世纪交替的前夜，88岁的乾隆在紫禁城养心殿安详驾崩了。当他去世时，没有一个人会料想到，帝国盛世的幻象将在短短的40年后就被击破。乾隆当了60年的太平皇帝，史上执政时间第二长，仅次于他的爷爷康熙，他留给儿子嘉庆两个重要的遗产：一是百年康乾盛世的巨大光环；二是中国历史上的第一大贪官，也是当时的全球首富和珅。

和珅是乾隆晚年最信任的大臣，也是空前绝后的贪污高手。有学者考据，乾隆执政最后5年的税收被他贪掉了一半。乾隆驾崩15天后，嘉庆就以"二十大罪"，把和珅给赐死了。嘉庆查抄和家，共得令人惊诧的8亿两白银，当时清廷每年的税收约为7000万两，和珅的财产竟相当于十余年的国库收入，人称"和珅跌倒，嘉庆吃饱"。

一个人，既是国家的首相，又是国家的首富——我们不妨称之为"双首现象"，大抵是中央集权到了登峰造极的恶质时期才可能出现的"超级怪胎"。和珅是史上最典型的"双首"样本。"双首"人物的出现必基于两个前提：第一，政府权力高度集中，权钱交易的土壤相当丰腴；第二，贪污必成制度化、结构性态势，整个官吏阶层已朽不可复。清朝自乾隆之后，纲常日渐败坏，民间遂有"三年清知府，十万白花银"的讥语。

在地球的另一端，乔治·华盛顿去世的时候，留下的是另外一份遗产。

他领导了一场独立战争，让北美地区摆脱英国统治，成为一个独立的国家。他本有机会做一个皇帝，至少是终身制的独裁者。可是，他却选择当一个民主选举出来的总统，并在两届任期结束后，自愿放弃权力不再续任。他主持起草了《独立宣言》和《美利坚合众国宪法》。在后一部文件中，起草者宣布，制定宪法的目的有两个——限制政府的权力和保障人民的自由。基于这个目的，国家权力被分为三部分——立法权、行政权和司法权，这三部分权力相互之间保持独立，这就是现代民主社会著名的三权分立原则。

在1799年，乾隆的名声、权力和财富都远远地大于乔治·华盛顿，可是，随着时间的推演，不同的遗产让他们在历史的天平上获得了新的评价。

如果乾隆与华盛顿真的在小吃店见面了，我估计他们也真的没有什么可以谈的。如果谈三权分立，他们会打起来；如果谈"文字狱"，他们会打得更凶。

从汴梁到比萨有多远？

从汴梁城到比萨城，到底有多远？我们已经走到了吗？

2011年深秋，到意大利北部旅行，那里的人说你必须抽出一点时间去一趟比萨城。那是一座非常优雅宁静的小城，距离佛罗伦萨1个多小时的车程。我到了那里，便跟所有的游客一样，直奔比萨大教堂，排队去仰望那个非常著名的比萨斜塔——它已经被维修了整整10年，到了快收尾的阶段。我跟一群五颜六色的人站在下面，想象一下500多年前伽利略在塔顶上往下扔两个铁球的情景，然后心满意足地离开。

车子离开的时候，我想起比萨城的另外一则往事。

1085年，就在这个当时只有1万多人的小城里，出现了中世纪之后的第一次自由选举，比萨市民通过公开选举的方式，选出了管理城市的执行官，当时称为理事。在欧洲近代史上，这意味着自由城市的诞生，是欧洲走出中世纪的重要标志之一。

从11世纪开始，大量失地的欧洲农奴纷纷逃离封建领主所控制的城堡庄园，来到没有人身管制的城市。根据当时的欧洲法律，他们只要在城市里居住满1年零1天，就可以自动地成为"自由民"。

城市自治是商业自由的土壤，自由成为新生的市民阶级的合法标签，他们在这里经商，并尝试着建立自治机关，比萨城的自由选举就是在这样的背景下发生的。从此，意大利全境逐级进入城市分治的时期。

在这些独立的城市里，工商业者作为新兴成长的阶层顺理成章地控制了城市经济，进而逐渐掌握了管理市政的政治权力。到12世纪时，旧的世袭贵族已经失去了政治势力。1215年6月，英国国王与代表工商业利益的贵族们签订了《大宪章》，该文件在人类历史上第一次限制了君主的权力。根据《大宪章》第61条的规定，由25名贵族组成的委员会有权随时召开会议，具有否决国王命令的权力，并且可以使用武力。这是一个标志性的法律事件，从此，"权力被关进了笼子"。14世纪末，伦敦商人已经完全控制了城市的运转，市长只可由12个大行会里选出。

具备了契约关系的城市自治权的确立，是欧洲走向现代社会的根本性路径，而这一切发生正是从比萨选举开始的。

话说1085年，就在比萨市民热热闹闹地选举执行官的时候，地球上最繁华的城市是东方的汴梁，也就是现在的河南开封。它拥有100万市民，规模、繁荣非任何一个欧洲城市可以比拟。这一年，宋神宗去世了，他支持的"王安石变法"眼瞧着走到了尽头。

如果当时有报纸，让宋人听到比萨的选举新闻，那一定是不可思议的。

相对于欧洲的这些新变化,宋代中国尽管拥有当时世界上规模最大、人口最多、商业也最繁荣的城市集群,但其在法治建设上却开始落后了。在欧洲所出现的"自由民"、"自治城市"等法权思想,对于强调中央集权的中国而言,根本没有萌芽的土壤。梁启超在《中国文化史》中一针见血地指出:"欧洲各国,多从自由市扩展而成,及国土既恢,而市政常得保持其独立,故制度可纪者多。中国都市,向隶属于国家行政之下,其特载可征者希焉。"

一个名叫谢和耐的法国学者曾认为,宋代已经出现了"中国近代曙光"。不过他又说:"这种在欧洲和远东同时表现出来的突如其来的经济活力的增大,却导致了不同的结果。在欧洲,由于划分成了众多的辖区和政权,商人阶级便足以自我维护。凡此种种都对西方世界的未来命运产生了重大影响。而在中国,尽管有了如此规模巨大的发展,但除去商人赚足了钱以外,却什么都没有发生。"

从汴梁城到比萨城,到底有多远? 我们已经走到了吗?

我们为什么特别仇富？

所谓"富不过三代"，并不仅仅因为中国的商人没有积累三代财富的智慧，更是因为财富的积累必托庇于拥有者与政权的关系，而这一关系则必然是脆弱和不对等的。

1989年春，我背一行囊云游南方，从上海出发到江西永新县，再坐哐当作响的绿皮小火车上井冈山。在茨坪，我找到袁文才之子。我们在一间泥坯房前聊天，我问他，你的父亲当年为什么会把秋收起义的部队引上山？他顺手一指身后说，就是因为墙上的这行字。

当时，夕阳西下，我举头猛一望，泥墙上、几串暗红的干辣椒旁，赫然有6个大字，是60年前的遗迹，当年应是红漆刷就，现在已褪成灰色，不过字迹仍然醒目突兀：打土豪，分田地。

土豪者，拥有土地者之谓。把他们打倒了，平均分配其土地，就是农民革命的原始动力。那么，这些土地拥有者的财富是合法所得，还是非法攫取？革命者从来不回答这个问题。

对富人的仇恨，似乎是人类的共同传统。对工商从业者的蔑视，在相当长的历史时期曾经是东西方世界的"共识"。哈耶克在《致命的自负》一书中说："对商业现象的鄙视，对市场秩序的厌恶，并非全都来自认识论、方法论、理性和科学的问题，还有一种更晦暗不明的反感。一个贱买贵卖的人本质上就是不诚实的。财富的增加散发着一股子妖邪之气。"

当然，自工业革命之后，西方世界开始正视商业的力量，有人对资本主义的正当性进行了理论上的澄清。然而，在东方，特别是在中国，哈耶克所描述的仇富现象仍然顽固地存在。

这是什么原因造成的？

是中国的商人比其他国家的商人更为卑劣和狡诈吗？

是他们更没有诚信和社会责任吗？

是中国这个国家的进步和稳定不需要商人阶层的参与吗？

答案似乎不在这里。在我看来，仇富情绪的浓烈，是因为中国有一个特别不健康的营商环境。细数两千年商业史，最会赚钱的人主要是两类：一是贪官，二是向政府寻租的商人。

贪污是一个传统。中国的历代政府都推行国有专营制度，国家掌握了大量的资源性产业，同时设立国有企业体系。因产权不清晰、授权不分明等缘故，这一制度一定会诱生出权贵经济，当权者以国家的名义获取资源，以市场的名义瓜分财富，上下其手，攫取私利。

与此同时，天性趋利的民间商人通过寻租的方式进入垄断产业以牟取暴利，从而催生出一个制度性的官商经济模式。商人阶层对技术进步缺乏最起码的热情和投入，成为一个彻底依附于政权的食利阶层。

　　还有一个重要的原因是，中国的有产者从来没有在法理和制度层面上确立私人财产所有权不容统治权力侵犯的权利，相反，从统治阶层到知识界均认为，对富有者的剥夺带有天然的合法性与道德威势，是维持社会稳定、"均贫富"的必然要求。

　　正是在这种不健康的制度环境之下，社会心态的扭曲便成了当然之势。基层民众对富有者恨之入骨，认为"为富者必不仁"，"杀富者即济贫"。而那些得到财富的人，也惶惶不可终日。

　　2000年来，中国商人创造了无数物质文明，某些家族及商帮在某一时代也积累过惊人的私人财富。可是，他们从来没有争取到独立的经济利益和政治地位，也不能在法理上确立自己的财产所有权不容统治权力侵犯。所谓"富不过三代"，并不仅仅因为中国的商人没有积累三代财富的智慧，更是因为财富的积累必托庇于拥有者与政权的关系，而这一关系则必然是脆弱和不对等的。在财富传承这一命题上，产业的拓展和资本积聚能力，远不如保持政商关系的能力重要。

　　所以，在中国，要化解仇富情绪，仅仅简单地呼唤基层民众理性看待有钱人，或者要求有钱人多做一些慈善，是远远不够的。

井冈山
何桂强 摄

土豪者，拥有土地者之谓。把他们打倒了，平均分配其土地，就是农民革命的原始动力。

玉石为何比鹅卵石更值钱？

儒家的孔孟虽然积极入世，但是在经济制度上一味以复古为目标，几乎没有太多的系统性思考，与法家、墨家乃至农家、杂家相比，儒家的经济理论体系可谓是最为薄弱的。

"一块玉石为什么比一块鹅卵石更值钱？"

在"吴晓波频道"里提出这样的问题，是不是显得很弱智？不过在我们这个国家，这其实是一个严肃的问题。当年，伟大的孔子和他的学生子贡就曾经很认真地讨论过。在《荀子·法行篇》中就记录了师徒俩讨论玉石为什么比较贵的一段对话。

问题是孔子提出来考子贡的。

子贡同学这样回答："君子为什么贵玉而贱珉？因为玉比较少，而珉（珉是一种低档次的玉石）比较多。"

听了这个回答，孔老师很不以为然。他神情严肃地说："夫君子岂多而贱之少而贵之哉！夫玉者，君子比德焉。"翻译成白话文就是："君子怎么可能因为繁多而贱弃某一东西，又因为稀少就珍贵某一东西呢？玉之珍贵，是因为君子把它看成道德的象征呀。"

接着他洋洋洒洒地说了玉的"七德"："温润而泽，仁也；栗而理，知也；坚刚而不屈，义也；廉而不刿，行也；折而不挠，勇也；瑕适并见，情也；扣之，其声清扬而远闻，其止辍然，辞也。"孔老师所谓的"玉之七德"，现在常常出现在各大珠宝企业的广告上。

听了孔老师的话后，子贡同学是否心服口服，不得而知。

子贡是七十二贤徒中最富有的人，孔子周游列国，花的大多是他的钱。《史记·仲尼弟子列传》记载："子贡好废举，与时转货资……家累千金。""废举"的意思是贱买贵卖，"转货"是指"随时转货以殖其资"，翻译成白话就是：子贡依据市场行情的变化，贱买贵卖从中获利，以成巨富。对于这样一位从事流通业的成功商人来说，他对玉与鹅卵石的价值判断也许真的与老师有很大的差别。

孔子与子贡这段对话，在历代道德家看来，当然可以读出孔老师的学识高妙，相比，子贡的观点就太铜臭了点。然而在经济学家看来，似乎还是学生子贡说得有道理，因为他就物论物，直接道出了"物以稀为贵"的朴素真理。在先秦时期，诸子百家往往把商品的价值与价格混为一谈，子贡似乎无意识地将之进行了分辨。因此，经济史学家胡寄窗便评论说："在缺乏价值概念的初期儒家的经济思想体系中，子贡能第一次接触到价值问题，值得称述。"

从这段对话也可见，统治了中国人民思想长达2000年之久的经典儒家，在经济理论上是多么的羸弱和混乱。

　　先秦的诸子百家，除了法家有兼济天下的理念之外，其余诸子都是小国寡民的思想产物，其中，对后世影响最大的儒家和道家尤其如此。道家的黄老、庄子以清心寡欲为生命诉求，全面排斥权力管制，而儒家的孔孟虽然积极入世，但是在经济制度上一味以复古为目标，几乎没有太多的系统性思考。与法家、墨家乃至农家、杂家相比，儒家的经济理论体系可谓是最为薄弱的。更糟糕的是，儒家以谈论利益为耻，所谓"君子喻于义，小人喻于利"，到了汉代，董仲舒更提出"夫仁人者，正其谊不谋其利，明其道不计其功"。不求功利的思想原无所谓好坏，但是到了治国的层面上，却显得非常的可笑。其实，历代统治者早已隐约发现了其中的软肋，故有治国需"霸王道相杂"的体会，后世中国出现"表儒内法"的状态，与儒家在经济思想上的贫乏与羸弱是分不开的。

　　近年以来，新儒学的兴起已蔚为可观，不但民间喜读《论语》，学界更是新论百出，颇有老树新枝的景象。

　　一些美国及台湾的学者试图证明儒家的千年伦理传统贯穿着强烈的济世情结，儒家的众多伦理概念——如"均贫富"、"修身齐家治国平天下"、"达则兼济天下，穷则独善其身"、"先天下之忧而忧、后天下之乐而乐"，等等——与现代工商精神有天然的契合点。余英时在多篇论文中证明，儒家与生俱来的入世价值观与马克斯·韦伯所谓的新教伦理有异曲同工之处。因此，不需要证明中国也有新教伦理或资本主义萌芽，而只需承认中国史的特殊性。杜维明甚至认为，只有儒家伦理才能解决当前的资本主义危机，儒家主张"天人合一"，它的人文精神是全面的，不是单一的。它突出人和自然的协调，以"和而不同"的原则处理人与群的关系，对过分强调科学主义、效率、自由的西方价值观是一个反驳。

不过，有一个问题始终没有人解答：如果余英时和杜维明的立论成立，儒家伦理与现代工商精神有天然的契合之处，为什么中国的现代化仍然如此艰难？玉石为何比鹅卵石要贵的问题，到现在仍是一个问题。

把生命
浪费在
美好的事物上

科斯与儒家

> "中国两千年来，以道德代替法制，至明代而极，这就是一切问题的症结。"

有两块相连的土地，二者地主不同，一块用作养牛，另一块用作种麦。因为牛群常常跑到麦地去吃麦，给麦地的主人造成了损害。应该如何解决这个纠纷呢？

稍稍熟悉经济学的人都知道，这个故事的提出者是美国经济学家罗纳德·科斯，他由此推导出著名的科斯定律（又称"不变定律"，Invariance Therorem）。科斯经过一系列的推导，得出的结论是：只要养牛地主和种麦地主的权利有清楚的界定，那么，他们之间就可以根据市场收益来确定是让牛吃麦，还是保护麦场少养牛，然后协商利益分配。

科斯据此提出"权利的界定是市场交易必要的先决条件"，他因这一发现而获得了1991年的诺贝尔经济学奖。

现在我们换一个角度来提出问题：如果科斯所描述的情况发生在传统中国，儒家将怎样解决这个纠纷？

儒家绝对不会采取科斯的做法，因为在儒家看来，你养的牛跑到别人的麦田里去吃麦，显然是没有道德的事情，所以，能约束住牛的地主就是有道德的人，反之他就有道德上的瑕疵。要解决这个纠纷，唯一的办法是道德约束，"井水不犯河水"。在如此的教化下，养牛地主和种麦地主将各自约束，划疆相处，他们的道德因此得到升华，可是既定资源下的产出潜力则被完全地压制了。

换而言之，儒家的做法是"己所不欲，勿施于人"，而科斯的做法是"己所欲，施于人"。

前者思考的起点是"有序前提下的道德约束"，后者则是"规范前提下的效益产生"。

我们可以把这两者的不同抉择，看成东西方商业文明的分野。在儒家伦理之下，道德替代了市场，社会得以在低效率的水平上保持稳定；而在科斯主义之下，业主的产权得到保护，在此基础上，资源市场化的自由交易得到鼓励。

事实上，科斯的这一推断是长期思想进步的结果，更早时期的马克斯·韦伯就在自己的著作中，将"人被赚钱动机所左右，把获利作为人生的最终目的。在经济上获利不再从属于人满足自己物质需要的手段"，视为资本主义的一条首要原则。他引用美国思想家富兰克林——他同时是一位企业家和一位政治家——的观点认为："个人有增加自己的资本的责任，而增加资本本身就是目的。"这从根本上认同了企业家职业的正当性和独立性。

韦伯进而认为，资本主义的经济行为"首先是依赖于平等的获利机会的行为，其次根据理性的要求，其行为要根据资本核算来调节，并且以货币形式进行资本核算"。而这一过程要得以顺利进行，则需要理性的法治保障，"独立健全的法律和训练有素的行政人员组成的政治联合体是构成资本社会的主导体"。

马克斯·韦伯所提出的这些思想，在儒家伦理传统中都寻觅不到。

中国是全世界最早进行职业分工的国家，早在公元前8世纪就有了"士农工商，四民分业"，可是却在私人产权的认定上，掉进了"道德的陷阱"。当年读黄仁宇的《万历十五年》，便见他在此处找到了问题的关节："中国两千年来，以道德代替法制，至明代而极，这就是一切问题的症结。"

"地方官所关心的是他们的考核，而考核的主要标准乃是田赋之能否按时如额缴纳，社会秩序之能否清平安定。扶植私人商业的发展，则照例不在他们的职责范围之内。何况商业的发展，如照资本主义的产权法，必须承认私人财产的绝对性。这绝对性超过传统的道德观念，就这一点，即与'四书'所倡导的宗旨相悖。"

为什么"承认私人财产的绝对性与'四书'所倡导的宗旨相悖"？

承认私人的产权，就相当于承认人性的自私，不符合"人之初，性本善"的儒家伦理，即具有了道德的"不洁"。儒家看来，社会治理的最佳模式，就是用道德伦理来调节冲突，用礼义廉耻来强调秩序，再加上严酷的国法族规体系。

美国经济史学家、也是诺贝尔奖得主的道格拉斯·诺斯曾言：西方超过中国、印度等东方文明古国，并非是由于技术进步，真正的动力是产权保护，特别是对企业产权、知识产权以及继承权的保护，由此创造了西方文明。

这真的是一个具有极端讽刺性的事实：中国人是世界上最注重现世享乐的民族，也是各种族中唯一可与犹太人在商业天赋上匹敌的民族，但是却在公共意识上缺乏对私人产权的保护意识，并进而对财富本身抱持了一种奇怪的"洁癖"。

官商是一些怎样的"大怪物"?

如果制度没有得到根本性的改革,那么,一个官僚资本集团的倒塌往往意味着另外一个官僚资本集团的崛起。

研究中国企业史,就一定要碰到"官商经济"。当过北京大学校长的傅斯年把官商称为"大怪物"。从晚清到民国,出现了三个很著名的"大怪物",他们是胡雪岩、盛宣怀和孔祥熙、宋子文家族。他们均为当时的"中国首富",身份亦官亦商,是为"红顶商人",其财富累积都与他们的公务事业有关。若要进行比较,我们可以看到五个特点:

第一,胡雪岩在资产关系上还是比较清晰的,他的财富大多来自为左宗棠采办军购,从中暗吃回扣。到了盛宣怀就官商难分了,用当时人对他的议论便是"挟官以凌商,挟商以蒙官"。而至孔、宋一代,则是公开分立,私下自肥,甚至以国家名义收购,以私人身份瓜分。

第二，他们在国家事务中担任职务的重要性也是日渐持重。胡雪岩不过是一个从二品顶戴的挂名道员；盛宣怀已是实授的一品大臣；孔、宋更是一国行政之首脑，两人主管国家财政前后整整20年。胡、盛及孔、宋的资产，一个比一个庞大，而且敛聚的效率越来越高。

第三，制度化特征越来越明显。如果说胡雪岩的化公为私还是盗窃式的，那么，盛宣怀就已经演进到股份化了，而到孔、宋手上，则是手术刀式的精致切分。孔、宋更善于利用宏观经济制度的设计和执行为自己谋私，每一次的经济危机、重大经济政策变革、重要发展机遇，都是他们获取财富的最佳时机。孔、宋财富最暴涨的时候正是国难民困的8年抗战时期。

第四，资产的增加呈金融化趋向。胡、盛的财富大多以实业的形态呈现，在某种意义上，他们的财富来自于社会增量。而孔、宋则对实业毫无兴趣，他们以金融家的手段直接从存量的社会资产——无论是国有资本、民营资产还是国际援助——中进行切割，因此，他们对经济进步的贡献更小，正当性更差，引起的民愤也更大。

第五，所得财富均"一世而斩"。因为资产积累的灰色性，导致这三大官商家族的社会名声毁大于誉，在其晚年以及身后往往面临重大的危机。胡雪岩一旦失去左宗棠的庇荫马上财尽人亡，盛宣怀的财产在清朝灭亡后遭到查封，孔、宋两人更成为人人喊打的"国贼"。

通过这三个案例的递进式爆发，我们不得不说，自晚清到民国，国营垄断力量的强化以及理性化构建成为一种治理模式，也正因此，与之寄生的官僚资本集团也越来越成熟和强悍。所以，如果不能从制度根本上进行清算，特别是加强经济治理的市场化、法治化和民主化建设，那么，官商模式的杜绝将非常困难。

说到这些"大怪物"，大家都会想到一个问题：难道他们天生就是一些嗜钱为命的人吗？为什么商业的"恶素质"在他们身上会那么显著？在中国的舆论界和经济思想界，对官商式人物的批判往往趋于道德化谴责，而很少从制度层面进行反思和杜绝。

曾经当过国民政府上海市市长、台湾省省长的吴国桢在《吴国桢的口述回忆》一书中说，按照政府的有关法令来说，孔、宋的豪门资本所做的一切都是合法的，因为，法令本身就是他们自己制定的。比如，当时没有人能得到外汇（因申请外汇需要审查），但他们的人，即孔的人是控制财政部外汇管理委员会的，所以能得到外汇。吴国桢是普林斯顿大学的哲学博士，他的话很平实，却刨到了官商模式的根子。

还有一个十分隐秘的、必须警惕的现象是，每一次对官僚资本集团的道德性讨伐，竟可能会促进或者被利用为国家主义的进一步强化。人们在痛恨官僚资本的时候往往是以国有资本的流失为对照的，所以在痛批中往往会忽略两者的互生结构。如果制度没有得到根本性的改革，那么，一个官僚资本集团的倒塌往往意味着另外一个官僚资本集团的崛起。在20世纪40年代中后期，孔宋集团被清理后，国民政府的贪腐现象并未被改变，甚至有变本加厉的趋势，最终成为其政权覆灭的重要诱因之一。在某种意义上，对官商模式的反思与清算，迄今尚没有真正破题。

如果制度没有得到根本性的改革，那么，一个官僚资本集团的倒塌往往意味着另外一个官僚资本集团的崛起。

杭州　胡雪岩故居
方璐　摄

日本人为何以"边境人"自居

因为是边境人，因为"世界的中心"不在我这里，所以对于日本人来说，便没有什么可以失去的了。

这个世界上，如果说有哪个国家的人民最喜欢研究自己的国民性，大概就是日本人了。

在当今的日本，正流行一个新的国民称谓，他们管自己叫"边境人"。学者内田树在几年前出版了一部薄薄的《日本边境论》，他在书中是这样下定义的：在日本人的意识中，所有的高等文化都是其他地方创造出来的，因为作为世界中心的"绝对价值体"不在自己这里，所以日本人总是基于这种距离意识来决定自己的思维和行为。

内田树举了很多事例以证明边境人意识的存在。

比如文字。日本列岛原本是一个只有声音而无文字的社会，后来汉字传入日本，日本人根据汉字发明了两种类型的新文字。

然而有趣的是，外来的汉字被称为"真名"，而日本人自己发明的文字则被称为"假名"，外来的东西占据了"正统的地位"。这在其他国家和民族，似乎是难以想象的事情。

因为是边境人，因为"世界的中心"不在我这里，所以对于日本人来说，便没有什么可以失去的了。

再举两个让大家吃惊的例子。

1893年，日本文部省想仿效西方各国，编一首歌供国民在重大节庆时咏唱，歌词是从《古今和歌集》中找了一首《贺歌》加以改造，歌曲则是由英国公使馆的军乐队队长约翰·芬顿初创，然后又请德国人佛朗茨·埃克特编曲。也就是说，日本国歌的曲作者不是日本人。

到了1945年，日本战败，驻日盟军司令部想要为日本拟定一部新宪法，于是，他们参照《人权宣言》、《独立宣言》、《魏玛宪法》和《苏联宪法》等，拟定了新的日本宪法。也就是说，现行的日本宪法不是日本人"根据自己的历史经验，集中了国民的智慧，经过长期努力形成的统一的国民意志"，它只是"战败的结果"。

但是，今天的日本人没有改变上述任何一项的打算，这并不妨碍他们是全球最强大的经济国之一，也不妨碍他们拥有独一无二的文化和国民特征。这就是我们不了解的、以"边境人"自居的日本人。

多年以来，不少中国学者一直没有放弃对日本的蔑视，他们常常津津乐道地引用法国东方学家伯希和（1878—1945）的一个论调，伯氏将日本学术蔑称为"三余堂"——文学窃中国之绪余，佛学窃印度之绪余，各科学窃欧洲之绪余。而很少有人反思，为何日本以"三余"之功竟能成就百年的兴盛，以一蕞尔小岛而为全球重要经济体？

在进行近代企业史的研究中，我一度无法回答一个问题：在19世纪60年代，中国与日本同时展开了工业化运动，前者称为洋务运动，后者则是明治维新。那么，为什么伊藤博文等人在接触了极其少量的信息之后，就迅速地作出了"脱亚入欧"的决定，而李鸿章、张之洞则坚持"中学为体，西学为用"？

现在似乎可以找到答案了——

在伊藤博文看来，他们本来就是亚洲的边境人，"脱亚入欧"无非是从一种边境人成为另外一种边境人而已，没有什么了不起的。

但是，对李鸿章等人来说，要放弃的东西就实在太多、太沉重了。李中堂曾言："中国文武制度，事事远出西人之上，独火器万不能及。"这一判断的思想本源，隐约正来自于"文明中心"的自信。

在相当长的时间里，边境人意识让日本人表现出了十分独特的行为模式。比如：日本遇到比自己强大的对手时，便会展现出毫无顾虑的亲密或者说毫无防备的心；"当面服从，背后不服"是日本人擅长的本领之一，也是独一无二的生存战略。用冈田树的话说，这些已经成为国民性的一部分，对此我们无能为力，所以，既然这样了，那不如"边境到底"吧。

"边境到底"的人民共识，使得日本产生了两大能力：第一，敢于吸取一切强者的智慧，在不断求变中寻求生存的空间；第二，因自卑而自恋，由自恋而自傲，最终构成一种识别性极其强烈的民族禀性。

在哲学的意义上，边境人意识与中国道家的"无"，有神近之处。无论是国家竞争还是企业竞争，如果一个族群永远坚定地、"自甘"立足于边境的话，那么，它几乎就是很难被真正征服的——它因为没有被征服的意义，而变得不可征服。

中国有这样的一个邻居，是多么让人敬畏并生的事情。

日本京都
贾茜 摄

如果一个族群永远坚定地、「自甘」立足于边境的话，那么，它几乎就是很难被真正征服的——它因为没有被征服的意义，而变得不可征服。

"历史没有什么可以反对的。"

对于一个国家而言，任何一段历史，都是那个时期的国民的共同抉择。

1959年春，时任团中央书记的胡耀邦到河南检查工作。一日，他到南阳卧龙岗武侯祠游览，见殿门两旁悬挂着这样一副对联："心在朝廷，原无论先主后主；名高天下，何必辨襄阳南阳。"胡耀邦念罢此联后，对陪同人员说："让我来改一改！"说完，他高声吟诵："心在人民，原无论大事小事；利归天下，何必争多得少得。"

历史在此刻穿越。两代治国者对朝廷与忠臣、国家与人民的关系进行了不同境界的解读。

中国是世界上文字记录最为完备的国家，也是人口最多、疆域最广、中央集权时间最长的国家之一，如何长治久安、如何保持各个利益集团的均势，是历代治国者日日苦思之事。两千余年来，几乎所有的政治和经济变革均因此而生，而最终形成的制度模式也独步天下。

在过去10年里，我将生命中最好的时间都投注于中国企业历史的梳理与创作。在2004年到2008年，我先是完成并出版《激荡三十年》上、下卷，随后在2009年出版《跌荡一百年》上、下卷，在2011年年底出版《浩荡两千年》，在2013年8月出版《历代经济变革得失》，由此，完成了从公元前7世纪"管仲变法"到本轮经济改革的整体叙述。

就在我进行着这个漫长的写作过程之际，我们的国家又处在一个重要的变革时刻。30多年的改革开放让它重新回到了世界舞台的中央，而同时，种种的社会矛盾又让每个阶层的人们都有莫名的焦虑感和"受伤感"。

如果把当代放入两千余年的历史之中进行考察，你会惊讶地发现，正在发生的一切，竟似曾相遇，每一次经济变法，每一个繁华盛世，每一回改朝换代，都可以进行前后的印证和逻辑推导。我们正穿行在一条"历史的三峡"中，它漫长而曲折，沿途风景壮美，险滩时时出现，过往的经验及教训都投影在我们的行动和抉择之中。

我试图从经济变革和企业变迁的角度对正在发生的历史给予一种解释。在这一过程中，我们将一再地追问这些命题——中国的工商文明为什么早慧而晚熟？商人阶层在社会进步中到底扮演了怎样的角色？中国的政商关系为何如此僵硬而对立？市场经济体制最终将以怎样的方式全面建成？在"中国特色"与普世规律之间是否存在斡旋融合的空间？

我的所有写作都是为了一一回答这些事关当代的问题。现在看来，它们有的已部分地找到了答案，有的则还在大雾中徘徊。

我不能保证所有的叙述都是历史"唯一的真相"。所谓的"历史"，其实都是基于事实的"二次建构"，书写者在价值观的支配之下，对事实进行逻辑性的铺陈和编织。我所能保证的是创作的诚意，20世纪60年代的"受难者"顾准在自己的晚年笔记中写道："我相信，人可以自己解决真善美的全部问题，哪一个问题的解决，也不需乞灵于上帝。"他因此进而说："历史没有什么可以反对的。"既然如此，那么，我们就必须拒绝任何形式的先验论，必须承认一切社会或经济模式的演进，都是多种因素——包括必然和偶然——综合作用的产物。

对于一个国家而言，任何一段历史，都是那个时期的国民的共同抉择。很多人似乎不认同这样的史观，他们常常用"被欺骗"、"被利用"、"被蒙蔽"等字眼来轻易地原谅当时的错误。然而，我更愿意相信易卜生说过的一句话："每个人对于他所属于的社会都负有责任，那个社会的弊病他也有一份。"

孙午飞 摄

如果把当代放入两千余年的历史之中进行考察，你会惊讶地发现，正在发生的一切，竟似曾相遇。

再也不会有德鲁克了

世上还会再出现这样的传奇吗？还会再出现一位管理思想家敢于挑战全球最大公司，而他的努力最终又被证明是正确的？他有这样的际遇、功力、勇气和好运气吗？

2005年11月11日，当彼得·德鲁克在酣睡中悄然去世的时候，与他同时代的那些伟大思想家正聚集在天堂的门口一起等待这位最后的迟到者。马尔库塞已经等了26年，萨特等了25年，福柯等了20年，连长寿的卡尔·波普和哈耶克也分别等了10年和13年，至此，二战之后出现的思想巨人大多已成历史。

听到德鲁克去世的消息时，正是周末我去岛上度假的路中，通报消息的许知远在电话中还带着一点哭腔。我的第一个反应是："他走了之后，下一个该轮到谁来替我们思考管理？"斯图尔特·克雷纳在《管理大师50人》中写道："德鲁克在世的这些年来，管理者们只有一件事可做，那就是思考或面对他在书中没有写到的问题。"他的去世，的确会让一些人大大地舒一口气，一个巨人倒下后，不仅留出一大片空旷的天地，更是平白多出了一个研究这位巨人的学科。

在管理界，德鲁克的后继者们似乎已经排成了队，汤姆·彼得斯、钱匹、哈梅尔、柯林斯乃至日本的大前研一，他们更年轻、更富裕、更有商业运作的能力，他们的思想有时候更让人眼花目眩。但是，当大师真正离去的时候，我们却还是发现，再也不会有德鲁克了。

再也不会有德鲁克了，再也不会有人像他那样，能够把最复杂的管理命题用如此通俗市井的语言表达出来。

当年，杰克·韦尔奇出任通用电气总裁伊始，他去求见德鲁克，咨询有关企业成长的课题。德鲁克送给他一个简单的问题：假设你是投资人，通用电气这家公司有哪些事业，你会想要买？这个问题对韦尔奇产生了决定性的影响。经过反复思考，韦尔奇作出了著名的策略决定：通用电气旗下的每个事业，都要成为市场领导者，"不是第一，就是第二，否则退出市场"。

每一个企业家碰到德鲁克都会问一个与自己产业有关的问题。而德鲁克却告诉大家："企业家首先要问自己：我们的业务是什么？"这好像是一个再简单不过的问题了，但是这却是决定企业成败的最重要的问题。要回答这个问题，企业家首先必须回答：谁是为我们提供"业务"的人？也就是说，谁是我们的顾客？他们在哪里？他们看中的是什么？我们的业务究竟是什么？或者说，我们应该做什么？怎么做？不做什么？这样的追问，它的终极命题便是：如何构筑"企业的战略管理"。

德鲁克是一个善于把复杂问题简单化的人，但这还不是他的思想最迷人的地方。德鲁克之所以是一个伟大而不仅仅是一个优秀的管理思想家，是因为他终生在考问一个看上去不是问题的问题："企业是什么？"1992年，他在接受《华尔街日报》的一次专访中再次提醒说："企业界到现在还没有理解它。"

他举到了鞋匠的例子。他说："他们认为一个企业就应该是一台挣钱的机器。譬如，一家公司造鞋，所有的人都会对鞋子没有兴趣，他们认为金钱是真实的，其实，鞋子才是真实的，利润只是结果。"我不知道别人读到这段文字时是什么感受，至少我是非常的感动。从这句话开始我觉得自己似乎触摸到了管理的核心。也许我们真的太漠视劳动本身了，我们只关心通过劳动可以获得多少金钱，却不太关心劳动本身及其对象的意义。世界上之所以需要鞋匠，是因为有人需要鞋，而不是因为鞋匠需要钱。

再也不会有德鲁克了，再也不会有人像他那样，用手工业的方式来传播思想。

这在德鲁克那一辈人中，是一个传统。他一生研究大公司，但他自己的机构却只有一台打字机、一张书桌，也从来没用过一名秘书。他半辈子住在一个小城镇上，似乎是为了抵抗机构和商业对思想的侵扰。在一封公开信中，他抱歉地写道："万分感谢你们对我的热心关注，但我不能：投稿或写序；点评手稿或书作；参与专题小组和专题论文集；参加任何形式的委员会或董事会；回复问卷调查；接受采访和出现在电台或电视台。"1994年，吉姆·柯林斯刚刚出版了《基业长青》。有一天，他受到德鲁克的邀请去共度一日。当时，柯林斯想创办一间咨询公司，名字就叫"基业长青"，德鲁克问他的第一个问题是："是什么驱使你这样做？"柯林斯回答说，是好奇心和受别人影响。

他说："噢，看来你陷入了经验主义，你身上一定充满了低俗的商业气息。"

再也没有人会像德鲁克那样说话了。今天的商业思想都已经被制造和包装成一个个高附加值的"商品"，它包括学术研究—传媒发布—出版—巡回会议，它们像一个自我滋养的关联体和生产链，丝丝相扣，互为倚重，并能创造出足够的利润直至下一个新的思想诞生，在这样的循环运作中便同时包装出一位位智力超人、无所不知的"管理大师"们。而这个行业主要是由商学院、出版商和会议组织者们推动的，它们因为自身的利益诉求需要不断有新的管理思想涌现。

今后，很少有人愿意去思考德鲁克式的问题了，因为它们太"浅白"，太缺乏"包装"，开发周期过长而无法在短期内实现超额利润。更多的管理思想将以快餐的方式出现，

一个叫休·迈克·唐纳德的美国人曾经制作过题为"1950—1995，管理潮流的流行曲线"的图表，这张图表记录了这45年间先后出现过的34种理论和潮流，从20世纪50年代的决策树到90年代的标准检查。他的研究发现，在头20年只有9次管理潮流，而其余的理论，除了分散管理，全部集中在1980—1995年的15年间，并且除了其中3个——不断提高、学习型组织、流程再造和标准检查——都诞生于20世纪80年代，没有哪个理论的持续时间超过一年或两年。因发现"7S战略"而著名的管理学家理查德·帕斯卡曾经举过一个发生在他身上的真实事例：某年，他与一位纽约出版商洽谈出版一本他最新研究成果的专著，出版商对他的选题表示出浓厚的兴趣，在询问了所有的细节之后，他最后问道："但你能用一句话来概括吗？"理查德·帕斯卡沉思了好

一会儿，说："一句话恐怕不行，至少要用四句话。"出版商开始收拾桌上的文件，他建议理查德·帕斯卡回去再好好想想。

如果说帕斯卡最终成不了德鲁克式的大师，这个例子可能就说明了一切。跟前者相比，德鲁克成名的那个时代似乎运气更好一点。

1946年，37岁的彼得·德鲁克完成了《公司的概念》。在此前的几年里，德鲁克受通用汽车的雇佣，对其组织结构进行案例研究，该书便是这一研究的结晶。在这一期间，通用汽车表示出极大的坦诚，它向德鲁克开放了所有公司文件，并允许他访问公司的任何一位职员。而德鲁克为了创作这个案例也下了大功夫，他花两年时间访问了通用汽车的每一个分部和密西西比河以东的大部分工厂，进行了大量的考察和访谈工作，阅读了浩瀚的、分为不同机密等级的内部文件。在书中，德鲁克对通用汽车的管理模式及公司价值观提出了致命的质疑。这部作品出版后，当即遭到了通用汽车的全面抵制。在此后的20多年里，公司拒绝评论，甚至阅读这部作品。但是，时间却让德鲁克最终成为胜利者。另一家汽车巨子，福特汽车公司率先认识到了德鲁克的价值，这家在战时市场竞争中完败给通用汽车的老牌公司将《公司的概念》当作拯救和重建公司的蓝本，在亨利·福特二世的领导下，十多年后，它迅速复兴，重新回到了对等竞争的主战场。

世上还会再出现这样的传奇吗？还会再出现一位管理思想家敢于挑战全球最大公司，而他的努力最终又被证明是正确的？他有这样的际遇、功力、勇气和好运气吗？

再也不会有德鲁克了。1993年的《经济学家》评论说："在一个充斥着自大狂和江湖骗子的行业中，他是一个真正具有原创性的思想家。"这位管理学界唯一的百科全书式的大师创造了管理学，但最终他成为这部热播连续剧中的一个"符号"，每一集开始的时候，他总是会被播放一遍，所有的故事都将从此开始，然后读者和播放者均不再回头。

再也不会有德鲁克了。在今后50年内，要取得德鲁克式的成功是困难的。我们且不说当代公司管理的课题已经越来越技巧化，商业思想的制造越来越商品化，单是就一个人的生命而言，那也困难到了极点——

它要求一个人在40岁之前就完成他的成名之作，接着在随后的50年里不断有新的思想诞生（起码每一年半出版一部新著），他要能够每隔5年把《莎士比亚全集》从头至尾重读一遍，另外，最最困难的是，他要活到95岁，目睹自己的所有预言一一正确，而此前的一年，还能够从容应对《华尔街日报》记者的刁钻采访。

大佬的黄昏
——霍英东和他的时代

　　这一辈人从贫贱和战火中赤脚走来，从来鄙弃文人，信仰勇武和权力，以直觉行商，以情义交人。早年搏命钻营，纵横政商，铁腕弄权，无所不用其极；晚年看淡贫富，重情爱乡，古道热肠，祈望以善名留世。

一

　　记得20余年前，第一次去香港。导游带我游历港九各地，常常指着一个建筑物告诉我，这是某某人的别墅，这是某某人的大厦，这是某某人投资的楼盘……在这些名字中，霍英东被数次提及，在太平山腰的某处小楼前，导游神秘地说，这是霍某人当年存放武器的仓库云云。

　　跟绝大多数的东南亚华商一样，霍英东出身贫寒。在20世纪20年代，香港还是一个偏冷的小渔港，霍英东出生在一艘逢雨必漏的小渔船上，父母终日捕捞为生。幸运的是，他13岁的时候被送进了当时香港英伦政府开办的第一间官立学校。在那里，他受到了全英式的教育。语言与文化的熏陶，使他成为第一批与西方思想对接的华人少年。

他的创业史也是从最底层开始的，他当过铲煤工、机场苦力、地下机车司机，稍稍有了一点积蓄以后，办起了一家名叫有如的杂货店。他赚到的第一桶金便与倒卖有关，抗战胜利后，政府拍卖战时剩余物资，霍英东借了100元参加投标，拍中一套1.8万元的机器，一转手就赚了2.2万元。从此，他的人生就与贸易勾连在了一起。

霍英东崭露头角是在朝鲜战争时期。当时中美开战，在美国的主导下，联合国大会通过了对中国实施全面封锁禁运的决议，内地物资空前短缺。香港作为毗邻内地的唯一自由港，尽管受到英国政府的严厉监控，但仍然是一条最可能的管道。余绳武、刘蜀永在《二十世纪的香港》一书中记录道："朝鲜战争给予香港人一个机会，就是暗中供应中国内地急需的物资，有些人就因走私而起家，今天可以跻身于上流社会之中。"1995年，霍英东在接受冷夏采访时，第一次亲口承认了当年的作为，他说自己最早是从贩卖柴油开始的，后来做过药品、胶管，等等，但是"绝对没有做军火生意"。那段历史至今笼罩在迷雾之中。一个可以确定的事实是，当年有众多东南亚华商，或因为爱国，或出于牟利，都积极地从事过向中国内地偷运物资的活动，印尼的林绍良是最大的肥皂和布匹贩运商，而香港的包玉刚和霍英东则因此被美国政府列入"黑名单"。也许正是因为这一段战火情义，这些商人与中国政府结下了深厚感情，为日后的商业往来奠下了基石。

20世纪50年代后期，香港步入繁荣期，人口急剧膨胀，商业超级发达，房市、股市"花繁叶茂"，老一辈的港九巨商，其起家大多与两市有关。新鸿基的创始人郭得胜在当年就有"工业楼宇之王"的称号，恒基的李兆基人称"百搭地王"，李嘉诚靠造楼神奇发达的故事更是广为人知。霍英东是最早入楼市的商人之一，他是第一个编印"售楼说明书"的地产商，也是"卖楼花"——分期付款的发明者。正是有了这种销售方式，房地产才变成了一个普罗大众都可以参与的投资行业。在这个迅猛成长起来的大市场里，霍英东纵横跌宕，出入从容，成为盛极一时的"楼市大王"。据称极盛之时，港九70%的住宅房建设与霍家有关。

那是一个让人神往的"香港时代"。整个世界进入200年以来最长的和平时期。美国经济呈现强大的引导力量。在东亚，中国正陷入计划经济和"文化大革命"的泥潭之中，日本隆然崛起，韩国、新加坡及中国台湾地区等"亚洲四小龙"相继繁兴。便在这种大格局中，香港以它绝佳的地理位置和微妙的政治角色，成为远东最具活力和成长性的自由港口和金融、物流中心。在这个时代里，一个商人的命运往往是水涨船高，而其事业的格局大小，则与他所从事的行业有很大的关系。在30多年里，霍英东先后涉足香港房产、澳门娱乐业、船务运输等领域，胆大心细，敢于一搏，在水深洋大处造大船、谋大业，自然成就了一番旁人不及的事业。

二

霍英东是所有香港商人中政治地位最高的人，也可能是中国内地知名度最高的香港商人之一，其得名并非因为财富之巨，而是因其对中国改革事业的投入。

东南亚华商的崛起，一个非常显赫的特点是"政商特征"。菲律宾首富陈永栽靠与政府合办卷烟公司而一时发达。印尼的林绍良更是"红顶商人"的典范。他在印尼独立战争期间，把一个名叫哈山·丁的独立军领导人在家里藏了1年多，而此人正是印尼共和国第一任总统苏加诺的岳父。凭借这层关系，林绍良获得了丁香进口专利权，继而垄断了印尼面粉、水泥等行业的专营权。林家资产一度高达184亿美元，在1995年名列福布斯全球富豪榜的第六位。新中国成立后，东南亚巨商千方百计与北京拉近关系，当年便有不少商人将子弟送到北京少数几家高干子弟云集的学校读书，试图以此埋下人脉的伏笔。印尼第二大财团金光集团董事长黄奕聪便曾将次子黄鸿年送到积水潭中学读书，此人在1992年组建中策公司，倚靠当年积下的同学人脉，大面积收购国营企业，形成了轰动一时的"中策现象"。

跟林、郭等人相比，香港商人则表现得要含蓄很多。不过，因为血脉的浓密及地缘的特殊，其紧密度则有过之而无不及。1978年，中国陡开国门，中央政府曾经希望借助外来资本改造近乎瘫痪的国民经济，然而欧洲国家受经济危机影响自顾不暇，美国资本高调而缓行，日本公司只肯提供二手设备，几乎都不能指望，唯一可以借重的便只有近在眼前的香港商人们了。就是基于这样的形势，邓小平将深圳辟为特区，在华南开设多个开放窗口，而香港商人也不辱冀望，满怀激情，纷纷跃跃欲试。霍英东们的时代在此刻展开新的翅膀。

1978年10月1日，香港首富李嘉诚出现在天安门的国庆典礼上。他是受到邓小平的亲自邀请，来参加国庆观礼的。美联社的记者观察到，李嘉诚穿着一件紧身的蓝色中山装，不无局促地站在一大堆也同样穿着中山装的中央干部身边，天安门广场是那么的大，让这个从小岛上来的潮汕人很有点不习惯。从11岁离开内地，这是他40年来第一次回乡。在几年前，他还是一个被内地媒体批评的万恶的资本家，现在已经成了被尊重的客人。来之前，他给自己定了"八字戒律"："少出风头，不谈政治。"

回到香港，李嘉诚当即决定，在家乡潮州市捐建14栋"群众公寓"，他在给家乡人的信中写道："念及乡间民房缺乏之严重情况，颇为系怀。故有考虑对地方上该项计划予以适当的支持。"他要求家乡媒体不要对此作任何的宣传。两年后，"群众公寓"建成，搬进新房的人们将一副自撰的春联贴在了门上，曰："翻身不忘共产党，幸福不忘李嘉诚。"此联很快被记者写成"内参"上报到中央，引起了一场不小的震动。

李氏举动，在当年并非孤例。20世纪80年代初期，大小港商如过江之鲫涌入内地，成为经济复兴中最为耀眼和活跃的一支，其初战之功，不可抹忘。

1979年1月，56岁的霍英东开始与广东省政府接触，他提出要在广州盖一家五星级宾馆——白天鹅宾馆。他投资1350万美元，由白天鹅宾馆再向银行贷款3631万美元，合作期为15年（以后又延长5年）。这是新中国成立后第一家中外合资的高级酒店，也是当时第一家五星级酒店。这期间还发生了一件"霍英东看裸画，辨政策风标"的小趣事。霍回忆说："当时投资内地，就怕政策突变。那一年，首都机场出现了一幅体现少数民族节庆场面的壁画（指北京新机场落成时的大型壁画《泼水节——生命赞歌》，作者为画家袁运生），其中一个少女是裸体的，这在国内引起了很大一场争论。我每次到北京都要先看看这幅画还在不在，如果在，我的心就比较踏实。"

霍英东建酒店，首先面临的就是计划体制造成的物质短缺问题。"一个大宾馆，需要近10万种装修材料和用品，而当时内地几乎要什么没什么，连澡盆软塞都不生产，只好用热水瓶塞来替代。更要命的是，进口任何一点东西，都要去十来个部门盖一大串的红章。"后来，被折磨得"脱去人形"的霍英东终于想出了一个绝招，他先把开业请柬向北京、广东及港澳人士广为散发，将开业日子铁板钉钉地定死了，然后，他就拿着这份请柬到各个环节的主管部门去催办手续。这一招近乎"无赖"的做法居然还真生效了，工程进度大大加快。1983年2月，白天鹅宾馆正式开业，当日酒店涌进了1万多个市民。

蛇口工业区的首创者袁庚曾经讲过一个很珍贵的细节。1981年，袁庚受命在蛇口开辟经济特区，某日，霍英东、李嘉诚带了13位香港大企业家来蛇口参观，霍在酒席间提出，他们对蛇口很有兴趣，能否入股共同开发这块土地。当时，袁庚不假思索地一拱手说："谢谢诸公，我投放资金下去，还担心收不回来，不敢连累各位。"此论在席间一提即过，再无复议。晚年袁庚曾对媒体很遗憾地谈道："如果当初允许李、霍的入股，蛇口将被彻底地资本化，或许会获得更大的经济活力。"

这些往事都如秋风中的黄叶，飘摇入土，不复寻踪。其中透露出来的讯息是，在20世纪80年代初期，香港商人曾经以十分积极和热烈的姿态投入内地的经济复兴运动。他们已经预感到一块比香港要庞大上千倍的商业大地正在隆隆崛起，凭借他们业已聚集的财富、智慧和血缘的优势，将有可能缔造一个更加辉煌的商业神话。然而，后来的事实却意外地峰回路转，这些在自由经济中浸泡长大的商人们，其实对于转型时代的种种商业运作非常的陌生和无法适应。

三

霍英东一代人的财富敛聚，大多历经艰险，为时代左右，受时间煎熬，如火中取栗。因而，其进退往往慎独有序，眼光毒辣而在于长远，其一生所染指的行业，往往只有一两项而已。及至晚年，桑梓情结日重，便把大量精力和大笔金钱投注于家乡的建设。邵逸夫和包玉刚对家乡宁波从来不忘关爱，李嘉诚对家乡潮汕的投资也算得上不遗余力。在东南沿海的各个侨乡行走，四处可见香港人建的学校、造的医院、开的工厂。霍英东祖籍番禺，在生命的最后18年，他把很大精力放在了番禺最南端一个叫南沙的小岛开发上。

这是一个面积为21平方公里的小岛，若非霍英东，至今仍可能沉睡于荒芜之中。从1988年开始，霍英东就发誓要将之建成一个"小广州"。这位以地产成就霸业的"一代大佬"显然想把自己最后的商业梦想，开放在列祖列宗目力可及的土地上。这也许是老一辈华人最值得骄傲的功德。据称，在十多年里，只要身体状况许可，每逢周三霍英东必坐船到南沙，亲自参与各个项目的讨论。资料显示，从1988年到2004年8月，霍英东参加的南沙工作例会就多达508次。他修轮渡、建公路、平耕地，先后投入40多亿元，以霍家一己之力硬是把南沙建成了一个滨海花园小城市。

把生命
浪费在
美好的事物上

　　霍英东的南沙项目在商业上曾被认为是一个"乌托邦"，十余年中，只有支出没有收入，在一些年份，甚至还有"霍英东折戟南沙"的报道出现。他与当地政府的合作也颇为别扭，霍英东基金会顾问何铭思曾记录一事：某次，讨论挖沙造地项目，南沙方提出挖沙费用需每立方米20元，霍英东一愣说："你们有没有搞错？"他知道，如果请东莞人来挖，是8元一方；请中山人来挖，是10元一方。政府的人嬉笑着说："是呀，我们是漫天价。"何铭思记录说："霍先生咬紧牙根，似乎内心一阵愤懑，兀自颤动不止。我跟霍先生40年，从未见他对人发脾气，当日见他气成那样，可见受伤之重。"霍也曾对人坦言："自己一生经历艰难困苦无数，却以开发南沙最为呕心沥血。"但是，尽管如此，这位号称"忍受力全港第一"的大佬却始终不愿放弃。在2003年前后，霍英东更是大胆提出以南沙为依托，打造粤、赣、湘"红三角"经济圈的概念。其视野、格局之大，已非寻常商人所为。

　　这些庞大的设想，至今仍是蓝图，"南沙情结"可能是霍英东这一代商人最后的传统。事实上，千百年间，每一代人都有各自的际遇，而所谓"江上千帆争流，熙熙攘攘，皆为名利往来"。名利场从来是一座偌大的锻炼地，人生百味陈杂，世态凉热无常，待到金钱如流水从指缝间涓涓淌过之后，即便是再铁石的人都不会无所感悟。霍氏晚年执着于南沙，却可能已超出了牟利的意义，而更多的带有济世的情怀了。

四

2006年10月28日，84岁的霍英东在北京去世，留下289亿港元的资产，他的官方职务是全国政协副主席。在他之前，去世的香港巨商有东方海外的董浩云（1911—1982）、新鸿基的郭得胜（1891—1990）、环球航运的包玉刚（1918—1991）。在这一年的香港，出生于1907年的邵逸夫已近百岁，恒基的李兆基已78岁，永新的曹光彪已87岁，金利来的曾宪梓72岁，连当年被称为"神奇小李"的李嘉诚都快到80岁的寿龄了。如若把视野再放到东南亚的半径，则可以看到，台湾台塑的"经营之神"王永庆88岁，澳门的赌王何鸿燊85岁，印度尼西亚首富、三林财团的林绍良89岁，马来西亚首富、郭氏财团的郭鹤年83岁。第二次世界大战之后，叱咤风云的一代华裔商人很快都将被雨打风吹去了。

大佬乘鹤去，黄昏与谁看？

我每每感慨，这些名字和传说垒堆在一起，便赫然叠成了一部厚重而充满了神奇气息的海外华人创业史。就在香港这一介弹丸渔村之上，因时势因缘际会，无数平凡人等，从草根崛起，遇光而生，随风见长，凭空造出一段轰天大传奇，至今仍余音缭绕，绵绵不绝。

在香港的巨商中，据说只有霍英东出行是不带保镖的。他对自己的传记作者冷夏说："我从来没有负过任何人。"斯人平生读书无多。有一回，他问冷夏："《厚黑学》是不是一本书？"还有一次，冷夏告诉他，毛泽东偏爱古书，特别是《资治通鉴》。霍问："这本书讲什么的？"从这两个细节可知，霍英东基本不读书。这一辈人从贫贱和战火中赤脚走来，从来鄙弃文人，信仰勇武和权力，以直觉行商，以情义交人。早年搏命钻营，纵横政商，铁腕弄权，无所不用其极；晚年看淡贫富，重情爱乡，古道热肠，祈望以善名留世。

在生命的最后几年，霍英东很喜欢听香港词人黄霑写于1991年的《沧海一声笑》："沧海笑，滔滔两岸潮，浮沉随浪记今朝。苍天笑，纷纷世上潮，谁负谁胜天知晓。"

这首歌用粤语唱来，别有一份难掩的沧桑，特别是在落日时分，独对婉约而寂寥的维多利亚港时。

香港街头
图片来源：全景

这一辈人从贫贱和战火中赤脚走来，从来鄙弃文人，信仰勇武和权力，以直觉行商，以情义交人。早年搏命钻营，纵横政商，铁腕弄权，无所不用其极；晚年看淡贫富，重情爱乡，古道热肠，祈望以善名留世。

把生命
浪费在
美好的事物上

如果邓小平是企业家

作为一位"董事长"，邓小平在长达20年的时间里全面再造了"中国公司"的核心竞争力，在这个意义上，他无疑是称职的和成功的。当然，改革的任务并没有在他的任内全部完成。

1978年11月，新加坡总理李光耀第一次见到来访的邓小平，他在回忆录中写道："邓小平是我所见过的领导人当中给我印象最深刻的一位。尽管他只有5英尺高，却是人中之杰。虽已年届74岁，在面对不愉快的现实时，他随时准备改变自己的想法。" 35年后，美国作家傅高义在《邓小平时代》一书中仍然维持了类似的评论："邓小平的所有作为都由这样的深刻信念指引：利用世界上最现代化的科学和技术实践以及最有效的管理技巧将为中国带来最伟大的进步；将这些实践和技巧嫁接到中国体制的过程中所发生的纷扰都是可控的，并且对中国人民整体而言是值得的。"

李光耀或傅高义的评论，同样适用于一位卓越的企业家：战略坚定、务实善变、具有良好的全局控制能力。

在告别李光耀的一个月后，邓小平在历史性的十一届三中全会上成为中国的实际领导人。当时的中国如果说是一家公司的话，那么，它就是一个陷入绝境的大型亏损企业，财务赤字、产业老化、劳动效率低下、市场环境极度恶劣，喜欢打桥牌的邓小平抓到了一副超级大烂牌。

一开始，他试图通过外部资金的引入来进行输血式改革，因此，他委派谷牧遍访欧洲列国，传递开放信息，他本人则飞赴美国、日本和新加坡。然而，外部投资人对"中国公司"的现状也视若畏途，引资计划宣告失败，于是几乎已束手无策的邓小平在公司内部发动了一系列的变革。

首先，他重构了"公司愿景"。在毛泽东时期，"中国公司"的愿景是"解放全人类"、"无产阶级专政"、"将革命进行到底"，这些战略目标充满了理想主义的利他特征，完全忽视量化考核的必要性。而邓小平则让愿景重新回到了效益和效率的基本面，他提出"让一部分人先富起来"、"摸着石头过河"、"不管白猫黑猫，抓住老鼠就是好猫"。尤其是在1984年，他公开肯定了深圳人提出的两个福特主义式的主张——"时间就是金钱、效率就是生命"，从而彻底告别了毛泽东式的理想主义，让之后的"中国公司"具备了强烈的世俗、务实特性。

邓小平被官方和民间公认为中国改革开放的"总设计师"，这个称号似乎寓示中国变革是一场有图纸、有操作程序的工程，但历史却好像并不如此，至少在经济改革领域并不如此。

在创作《激荡三十年》时，我曾认真研读了《邓小平文选》，结果发现了一个有趣的事实：在长达20年的治理期内，邓小平并没有对重大的经济政策，譬如粮食问题、企业管理问题、产业转型问题乃至金融问题，提出过多么睿智、专业的建议，相反，他很少涉及于此。作为"董事长"，他与另外一位"董事会成员"陈云相比，在经济问题上的专业能力似乎有一定的差距，但是，邓小平在愿景上的鲜明立场无疑更为开放和市场化，这是他最了不起和迄今被人们纪念的地方。

由于在很长的时间里，"董事会"内部对公司未来的战略走向充满了不同的声音，邓小平的市场化改革主张并没有能够得到顺利的实施，这对于一位企业家而言，无疑是痛苦和危险的。在这一形势下，邓小平展现了东方式的智慧，他提出"不争论"原则，宣布"实践是检验真理的唯一标准"，因而创造了一个容忍"破坏性创新"的公司氛围。

同时，在存量改革——国有企业改革难以拓进的情况下，他催动了增量的出现。在整个20世纪80年代，乡镇企业和外资企业从无到有，逐渐强大，使得"中国公司"内部诞生了新的生产力组织。所以，邓小平不是那种打破一切、推动重来的"革命型企业家"，相反，他能搁置争议，妥协渐进，在迂回和不确定中达到自己的目的。他的"企业家式的偏执"体现在务实的个性上。

邓小平时期的"公司集团决策层"是一个"弱势机构"，财务赤字，宏观调控能力羸弱，下属30多个"子公司"产业结构混乱，资源配置不均衡。面对这一极度不利状况，邓小平的办法是充分授权，各自为阵，鼓励试点，由点及面。在他的治理期内，几乎所有的重大经济创新，都是"地方公司"擅自试验的结果。小岗村搞出了"联产承包责任制"，蛇口搞出了"土地置换、吸引外资"，顺德搞出了"三来一补"，温州搞出了"股份合作制"，天津搞出了"开发区模式"。

此类等等，在当年均为"大逆不道"，邓小平在"董事会"层面上力排众议，宣称"胆子大一点，步子快一点"、"错了不要紧，重头再来过"，而那些地方性试点一旦获得突破性进展后，他又迅速地将之提升为"全集团战略"。

实际上，邓小平创造了一个权力充分下放的内部创业氛围，通过局部组织的大大小小的创新带动全国的结构调整和产业迭代。20世纪80年代的"中国公司"实际上是一个"失控的组织"，创新几乎全数来自基层，因此，是一场由下而上的经济变革。"集团公司"层面唯一坚定的两个原则是：第一，消费品物价不能失控；第二，"董事会"的产生机制不能失控。关于后者，便有了"稳定压倒一切"的提法。

邓小平时期，先后有四任"总经理"。特别是朱镕基，他在1994年全面主导了以分税制为核心的整体配套体制改革，从而使得"集团经理层"重新掌握了经济成长的控制权，而这一改变距离邓小平去世已只有3年的时间了。

作为一位"董事长"，邓小平在长达20年的时间里全面再造了"中国公司"的核心竞争力，在这个意义上，他无疑是称职的和成功的。当然，改革的任务并没有在他的任内全部完成。

1997年的元旦，住在北京三〇一医院的邓小平让人打开电视机，他看到中央台正在播放一部纪录片，就凝神看起来，可是看不清楚电视屏幕上那个远远走过来的人是谁。"那边，走过来的那个，是谁啊？"他问医生黄琳。黄说："那个是您啊。您看清楚了。"黄告诉他，这部电视片名叫《邓小平》，是刚刚拍摄的，有12集。他什么也没说，只一集一集地看下去。黄知道他耳

背，听不见，就俯身靠在他的耳边把台词一一复述。每当电视里
有一些颂扬他的话时，黄琳就看到老人的脸上总会绽出一丝异样
的羞涩。

50天后的2月19日，这个93岁的老人走到了生命的终点。路
透社在他去世后第二天的评论中说："邓敢于撇开僵硬的计划体
制而赞成自由市场力量，并让中国的大门向世界开放，他真正改
变了中国。"

又过了17年，2014年的今天，8月22日，是邓小平诞辰110
岁的纪念日，中央台正在播出18集纪录片《历史转折中的邓小
平》，而新任"董事长"所面临的局面已与邓时期有极大的不
同，不过，其治理主题似乎并未更弦。